Roald Dahl

Eine Kleinigkeit

Vier ungewöhnliche
Geschichten

Deutsch von
Hans-Heinrich Wellmann
und Alfred Scholz

Rowohlt

Veröffentlicht im
Rowohlt Taschenbuch Verlag GmbH,
Reinbek bei Hamburg, Juli 1996
Die Erzählungen der vorliegenden Ausgabe
wurden den Bänden
«... und noch ein Küßchen» und
«... steigen aus... maschine brennt...»
entnommen
Copyright © 1963 by Rowohlt Verlag GmbH,
Reinbek bei Hamburg
«Someone Like You» © Felicity Dahl and the
other Executors of the Estate of Roald Dahl,
1948, 1949, 1950, 1952, 1953, 1961
«Eine Kleinigkeit» Copyright © 1966 by
Rowohlt Taschenbuch Verlag GmbH,
Reinbek bei Hamburg
«Over to You» © Felicity Dahl and the other
Executors of the Estate of Roald Dahl, 1946
Copyright © 1942, 1944, 1945 by
Curtis Publishing Company
Copyright © 1945 by Hearst Magazines, Inc.
Copyright © 1944 by Creative Age Press
Copyright © 1944, 1945 by Harper and Bros.
Alle deutschen Rechte vorbehalten
Umschlaggestaltung Beate Becker
(Illustration: Jürgen Wulff)
Weitere Informationen siehe Seite 123
Printed in Germany
200-ISBN 3 499 22060 1

Inhalt

Mein Herzblatt
7

Gift
37

Der große automatische
Grammatisator
59

Eine Kleinigkeit
99

Mein Herzblatt

Seit vielen Jahren bin ich gewohnt, ein Mittagsschläfchen zu halten. Ich setze mich in einen Sessel im Wohnzimmer, ein Kissen hinter dem Kopf, die Füße auf einem viereckigen Lederhocker, und lese, bis ich einschlummere.

So hatte ich es mir auch am Freitagnachmittag in meinem Sessel bequem gemacht und genoß die Lektüre eines meiner Lieblingsbücher – Doubleday und Westwoods *The Genera of Diurnal Lepidoptera*, ein Werk über Tagfalter –, als meine Frau, die noch nie zur Schweigsamkeit neigte, vom Sofa aus das Wort an mich richtete. «Du», begann sie, «wann kommen eigentlich diese beiden Leute?»

Ich antwortete nicht, und sie wiederholte die Frage, diesmal erheblich lauter.

Ich teilte ihr höflich mit, daß ich es nicht wüßte.

«Ich finde sie nicht sehr sympathisch», fuhr sie fort. «Und ihn mag ich noch weniger.»

«Nein, Liebes. In Ordnung.»

«Arthur! Ich sagte, sie sind mir nicht sehr sympathisch.»

Ich ließ mein Buch sinken und blickte zu ihr hinüber. Sie lag auf dem Sofa und blätterte in einem Modejournal. «Wir waren ja erst einmal mit ihnen zusammen», erwiderte ich.

«Ein schrecklicher Mann, wirklich. Erzählte pausenlos Witze oder Geschichten oder was weiß ich.»

«Du wirst schon mit ihnen fertig werden, Liebes.»

«Und *sie* ist nicht viel besser als er. Wann, glaubst du, werden sie kommen?»

«Wahrscheinlich so gegen sechs.»

«Aber findest *du* sie nicht auch gräßlich?» fragte sie und deutete mit dem Finger auf mich.

«Nun...»

«Sie sind einfach unausstehlich, jawohl, das sind sie.»

«Wir können jetzt kaum noch absagen, Pamela.»

«Sie sind das absolut Letzte.»

«Warum hast du sie dann eingeladen?» Die Frage entschlüpfte mir unwillkürlich und zu meinem größten Bedauern, denn ich habe es mir zur Regel gemacht, meine Frau nie herauszufordern, wenn ich es irgend vermeiden kann. Eine Pause trat ein, und während ich auf Antwort wartete, betrachtete ich das Gesicht meiner Frau – dieses große, weiße Gesicht, in dem etwas so seltsam Faszinierendes war, daß es mir oft nicht gelingen wollte, den Blick davon abzuwenden. Abends, wenn sie an ihrer Stickerei arbeitete oder ihre kniffligen kleinen Blumenbilder malte, straffte sich mitunter das Gesicht und spiegelte eine geheimnisvolle innere Kraft wider, die unsagbar schön war, und ich konnte nichts anderes tun als es wie gebannt anstarren, während ich vorgab zu lesen. Selbst jetzt, mit dem verdrossenen, bitteren Blick, der gerunzelten Stirn, der ärgerlich gekrausten Nase, hatte diese Frau unleugbar etwas Majestätisches an sich, etwas Grandioses, fast Überwältigendes. Hinzu kam, daß sie sehr groß war, viel größer als ich – obgleich man sie heute, in ihrem einundfünfzigsten Jahr, eher massig als groß nennen müßte.

«Du weißt sehr gut, warum ich sie eingeladen habe», sagte sie in scharfem Ton. «Nur weil sie Bridge spielen, ein erstklassiges Bridge und um einen anständigen Einsatz.» Sie hob den Kopf und sah, daß ich sie beobachtete. «Mehr ist wirklich nicht an ihnen dran», schloß sie, «und du denkst doch genauso, nicht wahr?»

«Hm, natürlich, ich...»

«Sei nicht albern, Arthur.»

«Ich habe sie ja erst einmal gesehen, aber ich finde, sie machten einen sehr netten Eindruck.»

«Den macht unser Fleischer auch.»

«Bitte, Pamela, Liebes, du darfst nicht ungerecht sein.»

«Hör mal zu», das Modeheft fiel klatschend auf ihren Schoß, «du weißt ebensogut wie ich, was für Leute das sind. Dumme Streber, die sich einbilden, sie könnten überall verkehren, nur weil sie gut Bridge spielen.»

«So wird's wohl sein, Liebes. Ich verstehe nur nicht, warum du sie dann...»

«Das sage ich dir ja die ganze Zeit – damit wir endlich einmal ein anständiges Bridge spielen können. Ich habe es satt, mich mit Stümpern herumzuärgern. Aber es ist doch wirklich eine Zumutung, diese gräßlichen Leute übers Wochenende im Haus zu haben.»

«Natürlich, Liebes, natürlich. Nur... ist es jetzt nicht ein bißchen spät...»

«Arthur!»

«Ja?»

«Warum mußt du mir eigentlich dauernd widersprechen? Du *weißt*, daß sie dir genauso unsympathisch waren wie mir.»

«Ich bin sicher, Pamela, daß du dir keine

Gedanken zu machen brauchst. Alles in allem schienen sie doch ein nettes junges Paar mit guten Manieren zu sein.»

«Arthur, übertreibe nicht so maßlos.» Sie sah mich streng an, und um ihrem Blick auszuweichen – diese runden grauen Augen verwirrten mich, wie schon so oft –, ging ich zu der Fenstertür, die in den Garten hinausführte.

Die große, leicht abfallende Rasenfläche vor dem Haus war frisch gemäht, so daß hellgrüne Streifen mit dunkleren wechselten. Drüben, auf der anderen Seite, standen die beiden Goldregensträucher endlich in voller Blüte und hoben sich leuchtend von den Bäumen im Hintergrund ab. Die Rosen und die scharlachroten Begonien waren ebenfalls erblüht, auch meine schönen Lupinen, Federnelken, Akeleien, Rittersporne und die blassen, duftenden Schwertlilien. Einer der Gärtner kam gerade vom Mittagessen zurück. Ich sah das Dach seines Häuschens durch die Bäume und seitlich dahinter das eiserne Gittertor an der Straße nach Canterbury.

Das Haus meiner Frau. Ihr Garten. Wie schön war das alles! Wie friedlich! Ach, wenn Pamela nur etwas weniger um mein Wohlergehen besorgt wäre, etwas weniger dazu neigte, mir – «einzig und allein zu deinem Besten, Arthur» – höchst lästige Entschlüsse aufzuzwingen, dann hätte ich hier den Himmel auf Erden. Mit diesen Worten möchte ich jedoch keinesfalls den Eindruck erwecken, daß ich sie nicht liebe – ich bete die Luft an, die sie atmet – oder daß ich nicht mit ihr fertig werde oder daß ich nicht Herr im Hause bin. Nein, es ist nur so, daß sie mir manchmal ein bißchen auf die Nerven geht. Ihr Benehmen zum Beispiel, ihre etwas manierierte Art – ich wünschte wirklich, sie würde sich gewisse Dinge abgewöhnen. Vor allem mißfällt mir, daß sie mit dem Finger auf mich deutet, sooft sie einen Satz betonen will. Wie ich bereits sagte, bin ich ziemlich klein von Statur, und wenn sich jemand, besonders ein Mensch wie meine Frau, unablässig dieser Geste bedient, dann schüchtert mich das natürlich ein. Manchmal bin ich nahe daran, zu bezweifeln, daß *ich* in unserer Ehe das Regiment führe.

«Arthur!» rief sie. «Komm her.»

«Was ist denn?»

«Ich habe eine wunderbare Idee. Komm her.»

Ich drehte mich gehorsam um und ging zu dem Sofa, auf dem sie lag.

«Paß mal auf», sagte sie. «Wie wär's, wenn wir uns einen kleinen Spaß machten?»

«Was für einen Spaß?»

«Mit den Snapes.»

«Wer sind die Snapes?» fragte ich.

«Herrje, wach doch auf. Henry und Sally Snape. Unsere Wochenendgäste.»

«Ja und?»

«Hör zu. Ich habe hier gelegen und daran gedacht, wie gräßlich sie sind... er mit seinen Witzen und sie wie eine Turteltaube...» Sie lächelte listig, und aus irgendeinem Grunde hatte ich den Eindruck, sie werde etwas Schokkierendes sagen. «Nun – wenn sie sich in unserer Gegenwart so benehmen, wie müssen sie dann erst sein, wenn sie miteinander allein sind?»

«Moment mal, Pamela...»

«Stell dich nicht so an, Arthur. Ich finde, wir sollten uns heute abend einen Spaß machen, einen richtigen Spaß.»

Sie hatte sich ein wenig aufgerichtet, plötzlich strahlend vor Übermut, den Mund leicht geöffnet, und ich sah in ihren runden grauen Augen zwei kleine Funken tanzen.

«Sag doch ja», drängte sie.

«Was hast du denn vor?»

«Na, das ist doch klar. Kannst du es nicht erraten?»

«Nein.»

«Wir brauchen nur ein Mikrophon in ihrem Zimmer aufzustellen.»

Ich gebe zu, ich war auf einiges vorbereitet, aber dieser Vorschlag brachte mich so aus der Fassung, daß ich einfach keine Worte fand.

«Genau das werden wir machen», fügte sie triumphierend hinzu.

«Halt!» rief ich. «Nein. Warte einen Augenblick. So was ist doch unmöglich.»

«Warum denn?»

«Das ist wohl der übelste Streich, von dem ich je gehört habe. Noch viel, viel schlimmer als... als durch Schlüssellöcher sehen oder fremde Briefe lesen. Aber du hast es ja auch nur im Scherz gesagt, nicht wahr?»

«O nein. Ich meine es ernst.»

Obgleich ich wußte, daß sie keinen Widerspruch vertrug, hielt ich es manchmal für unbedingt notwendig, mich durchzusetzen, selbst auf die Gefahr hin, ihren Zorn zu erregen. «Pamela», stieß ich scharf hervor, «ich verbiete dir, das zu tun!»

Sie nahm die Füße vom Sofa und setzte sich auf. «Sag mal, was glaubst du eigentlich, wer du bist? Wirklich, ich verstehe dich nicht.»

«Das dürfte doch nicht so schwer sein.»

«Lächerlich! Ich weiß daß du schon viel schlimmere Sachen gemacht hast.»

«Niemals.»

«O doch. Versuch bloß nicht, den Tugendbold zu spielen.»

«Aber so etwas habe ich bestimmt noch nie gemacht.»

«Nicht so hastig, mein Junge.» Ihr Zeigefinger schnellte auf mich zu wie eine Pistole. «Wie war denn das Weihnachten bei den Milfords? Erinnerst du dich? Du hast dich halb totgelacht, und ich mußte dir die Hand auf den Mund legen, damit man uns nicht hörte. Na, was sagst du nun?»

«Das war etwas anderes», verteidigte ich mich. «Es war nicht unser Haus. Und es waren nicht unsere Gäste.»

«Wo ist da der Unterschied?» Sie saß jetzt sehr gerade, starrte mich mit ihren runden grauen Augen an, und ihr vorgestrecktes Kinn drückte tiefe Verachtung aus. «Laß gefälligst die blöde Heuchelei, Arthur. Was ist denn nur plötzlich in dich gefahren?»

«Ganz ehrlich, Pamela, die Sache gefällt mir nicht. Das ist doch eine ausgesprochene Gemeinheit.»

«Nun ja, mein Lieber, ich *bin* eben gemein. Und du auch – im Grunde deines Herzens. Deswegen passen wir ja so gut zusammen.»

«Ich habe noch nie so einen Unsinn gehört.»

«Aha, du hast dich offenbar plötzlich entschlossen, auf dem Pfad der Tugend zu wandeln. Ja, das ist natürlich etwas anderes.»

«Bitte hör auf, so zu reden, Pamela.»

«Sieh mal», fuhr sie unbeirrt fort, «wenn du wirklich entschlossen bist, dich zu bessern – was in aller Welt soll dann aus mir werden?»

«Du weißt nicht, was du sprichst.»

«Arthur, wie könntest du, ein guter Mensch, noch länger mit mir, einem Ekel, zusammenleben wollen?»

Ich setzte mich langsam in den Sessel ihr gegenüber, und sie ließ mich keine Sekunde aus den Augen. Um es noch einmal zu sagen, sie war eine große, stattliche Frau mit einem großen, weißen Gesicht, und wenn sie mich so eindringlich anblickte, wurde ich – wie soll ich mich ausdrücken? – gleichsam von ihr umschlossen, von ihr eingehüllt, als wäre ich in einen riesigen Tiegel Hautcreme gefallen.

«Du willst das mit dem Mikrophon gar nicht machen, nicht wahr?»

«Doch, natürlich. Es wird Zeit, daß wir mal ein bißchen Spaß haben. Komm, komm, Arthur, hab dich nicht so.»

«Es ist nicht anständig, Pamela.»

«Es ist genauso anständig –» wieder schoß ihr Finger auf mich zu – «genauso anständig wie damals, als du diese Briefe, die du in Mary Proberts Handtasche fandest, von A bis Z gelesen hast.»

«Wir hätten das nie tun sollen.»

«*Wir!*»

«Du hast sie nach mir gelesen, Pamela.»

«Es hat ja niemandem geschadet. Das hast du damals selbst gesagt. Und dies hier ist nicht schlimmer.»

«Was würdest *du* sagen, wenn jemand das mit *dir* täte?»

«Dumme Frage. Was ich nicht weiß, macht mich nicht heiß. Also los, Arthur, sei kein Waschlappen.»

«Ich muß mir das überlegen.»

«Hat der große Radioingenieur vielleicht vergessen, wie man ein Mikrophon an den Lautsprecher anschließt?»

«Das ist das Leichteste von allem.»

«Na bitte, worauf wartest du noch?»

«Laß mich doch überlegen. Ich sage dir nachher Bescheid.»

«Nachher ist es zu spät. Sie können jeden Moment kommen.»

«Dann lasse ich's bleiben. Sollen sie mich etwa auf frischer Tat ertappen?»

«Wenn sie kommen, bevor du fertig bist, halte ich sie einfach hier unten auf. Da kann gar nichts passieren. Wie spät ist es überhaupt?»

«Kurz vor drei.»

«Sie kommen von London», sagte sie, «und sie sind bestimmt nicht vor dem Mittagessen abgefahren. Du hast also reichlich Zeit.»

«Welches Zimmer wolltest du ihnen denn geben?»

«Das große gelbe am Ende des Flurs. Das ist nicht zu weit weg, nicht wahr?»

«Würde gerade noch gehen, denke ich.»

«Wo wirst du übrigens den Lautsprecher aufstellen?» erkundigte sie sich.

«Ich habe noch gar nicht gesagt daß ich mitmache.»

«Mein Gott!» rief sie. «Dich kann doch jetzt keiner mehr halten. Du solltest dein Gesicht sehen. Es ist rosarot vor Aufregung, und deine Augen leuchten. Stell den Lautsprecher in unser Schlafzimmer, ja? Los, fang an – und beeil dich.»

Ich zögerte. Das tat ich immer, wenn sie mich herumkommandierte, statt mich freundlich zu bitten. «Mir ist nicht wohl bei der Sache, Pamela.»

Nun sagte sie nichts mehr; sie saß nur da, still und stumm, und sah mich an. Auf ihrem Gesicht lag ein resignierter, wartender Ausdruck, als stünde sie irgendwo Schlange. Ich wußte aus Erfahrung, daß dies ein Gefahrenzeichen war. Sie erinnerte mich an eine dieser Höllenmaschinen, bei denen die Zündung eingestellt ist, und es war nur eine Frage der Zeit, wann sie – peng! – explodieren würde. In der Stille, die im Zimmer herrschte, konnte ich sie beinahe ticken hören.

So stand ich denn schweigend auf und ging in die Werkstatt, um ein Mikrophon und eine Rolle Draht zu holen. Zu meiner Schande muß ich bekennen, daß ich jetzt, seit ich nicht mehr in ihrer Nähe war, eine gewisse Erregung verspürte, ein warmes, prickelndes Gefühl in den Fingerspitzen. Es war nichts Besonderes, wohlgemerkt – überhaupt nicht der Rede wert. Du lieber Himmel, so etwas empfinde ich an jedem Morgen meines Lebens, wenn ich die Zeitung aufschlage und die Kurse der zwei, drei Aktien überprüfe, von denen meine Frau ein größeres Paket besitzt. Dieser alberne Spaß konnte mich wirklich nicht aus der Ruhe bringen. Aber ich freute mich darauf, das will ich nicht leugnen.

Ich lief die Treppe hinauf, immer zwei Stufen auf einmal, und betrat das gelbe Zimmer am Ende des Flurs. Mit seinem Doppelbett, den Steppdecken aus gelbem Atlas, den blaßgelben Wänden und den goldfarbenen Vorhängen hatte es das saubere, unbewohnte Aussehen aller Gästezimmer. Als erstes hielt ich Umschau nach einem guten Versteck für das Mikrophon. Das war sehr wichtig, denn es durfte ja auf keinen Fall entdeckt werden. Mein Blick fiel auf den Korb mit Brennholz am Kamin. Sollte ich es unter die Scheite legen? Nein – nicht sicher genug. Hinter die Heizung? Auf den Schrank? Unter den Tisch? Keiner dieser Plätze erschien mir günstig. Überall konnte man bei der Suche nach einem verlorengegangenen Kragenknopf oder etwas Ähnlichem auf das Mikrophon stoßen. Schließlich kam mir der überaus kluge Gedanke, es in den Sprungfedern des Sofas zu installieren. Das Sofa stand an der Wand, am Rande des Teppichs, so daß ich den Leitungsdraht unter dem Teppich bis zur Tür legen konnte.

Ich kantete das Sofa hoch und schob das Material darunter. Nachdem ich das Mikrophon sorgfältig an den Sprungfedern befestigt hatte – natürlich so, daß die Vorderseite dem Zimmer zugewandt war –, führte ich den Draht unter dem Teppich bis zur Tür. Ich arbeitete ohne Hast und ging sehr vorsichtig zu Werke. Auf der Schwelle, dort, wo der Draht nicht mehr vom Teppich verdeckt wurde, schnitt ich eine schmale Furche in das Holz, so daß er nahezu unsichtbar war.

Das alles dauerte natürlich seine Zeit, und als ich auf einmal das Knirschen von Rädern auf dem Kies, das Zuschlagen von Wagentüren und dann die Stimmen unserer Gäste vernahm, hockte ich noch mitten auf dem Flur, wo ich den Draht an der Scheuerleiste befestigte. Mit dem Hammer in der Hand fuhr ich erschrocken hoch, und ich muß gestehen, daß ich von Angst gepackt wurde. Diese Geräusche zerrten gewaltig an meinen Nerven. Ich hatte das gleiche flaue Gefühl in der Magengegend wie damals im Kriege, als ich eines Nachmittags nichtsahnend in der Bibliothek mit meinen Schmetterlingen beschäftigt war und plötzlich am anderen Ende des Dorfes eine Bombe niederging.

Reg dich nicht auf, sagte ich mir. Pamela wird schon dafür sorgen, daß diese Leute nicht heraufkommen.

Ziemlich nervös machte ich mich wieder an die Arbeit, und bald gelangte ich mit dem Draht in unser Schlafzimmer. Hier war es zwar nicht so wichtig, ihn zu verbergen, aber ich durfte mir wegen der Dienstboten keine Nachlässigkeit erlauben. Ich legte also den Draht unter den Teppich und führte ihn unauffällig zur Rückwand des Radios hinauf. Den Anschluß herzustellen war eine rein technische Frage; ich erledigte das im Handumdrehen.

So, fertig! Ich trat einen Schritt zurück und betrachtete das kleine Radio. Irgendwie schien es sich verändert zu haben – kein alberner Kasten mehr, der Töne hervorbrachte, sondern ein bösartiges kleines Geschöpf, das auf der Tischplatte hockte und sich mit einem Teil seines Körpers heimlich zu einem weit entfernten verbotenen Ort vortastete. Ich schaltete den Apparat ein. Er summte leise, gab aber sonst keine Geräusche von sich. Ich nahm meinen Wecker, der laut tickte, und trug ihn in das gelbe Zimmer, wo ich ihn vor dem Sofa auf den Boden stellte. Dann lief ich zu dem Radiogeschöpf hinüber. Tatsächlich, es tickte so laut, als stünde die Uhr im Zimmer – sogar noch lauter.

Ich holte den Wecker zurück, wusch und kämmte mich im Badezimmer, schaffte das Werkzeug fort, und jetzt hinderte mich nichts mehr, die Gäste zu begrüßen. Aber vorher, um mich zu beruhigen und auch, weil ich nicht sozusagen mit bluttriefenden Händen vor ihnen erscheinen wollte, verbrachte ich fünf Minuten bei meiner Schmetterlingssammlung in der Bibliothek. Ich widmete mich einem Glaskasten, der die herrliche *Vanessa cardui* – die ‹gemalte Dame› – enthielt, und machte mir ein paar Notizen zu einem Vortrag über ‹Beziehungen zwischen Farbmuster und Bau der Flügel›, den ich bei der nächsten Sitzung unseres Vereins in Canterbury zu halten gedachte. Auf diese Weise erlangte ich bald meine gewohnte würdevolle Gelassenheit zurück.

Nun ging ich ins Wohnzimmer hinüber. Unsere beiden Gäste, deren Namen ich mir einfach nicht merken konnte, saßen auf dem Sofa. Meine Frau mixte die Drinks.

«Ah, da bist du ja, Arthur», rief sie. «Wo hast du denn nur gesteckt?»

Ich fand diese Bemerkung höchst überflüssig. «Entschuldigen Sie bitte», sagte ich und schüttelte den Gästen die Hand, «ich habe gearbeitet und darüber die Zeit vergessen.»

«Wir wissen genau, was Sie gemacht haben», behauptete das Mädchen und lächelte verschmitzt. «Aber wir verzeihen ihm, nicht wahr, Liebster?»

«Ja, ausnahmsweise», antwortete ihr Mann.

Ich hatte eine entsetzliche Vision: meine Frau, die ihnen unter schallendem Gelächter haarklein erzählte, was ich oben gemacht hatte. Sie konnte – sie *konnte* mir das doch nicht angetan haben! Ich blickte mich nach ihr um und sah, daß auch sie lächelte, während sie das Meßglas mit Gin füllte.

«Es tut mir leid, daß wir Sie gestört haben», sagte das Mädchen.

Wenn das ein Scherz sein soll, dachte ich, dann geh lieber gleich darauf ein. Ich zwang mich also, ihr Lächeln zu erwidern.

«Aber Sie zeigen uns alles, nicht wahr?» fuhr das Mädchen fort.

«Zeigen? Was?»

«Ihre Sammlung. Ihre Frau sagt, Sie hätten wunderschöne Exemplare.»

Ich ließ mich langsam in einen Sessel sinken und holte tief Luft. Es war lächerlich, so mißtrauisch und nervös zu sein. «Interessieren Sie sich für Schmetterlinge?» fragte ich.

«Ihre würde ich jedenfalls sehr gern sehen, Mr. Beauchamp.»

Die Martinis wurden herumgereicht, und da wir bis zum Dinner noch gute zwei Stunden Zeit hatten, stand einer gemütlichen Unterhaltung nichts im Wege. Unsere Gäste machten einen ausgezeichneten Eindruck; ich fand, daß sie ein reizendes Paar waren. Meine Frau, die aus einer adligen Familie stammt, ist sehr stolz auf ihre Herkunft und Erziehung, und sie neigt dazu, vorschnell über Fremde zu urteilen, die ihre Bekanntschaft suchen – besonders wenn es sich um hochgewachsene Männer handelt. Sie hat häufig recht, aber in diesem Fall war ich fast sicher, daß sie sich geirrt hatte. Im allgemeinen habe ich auch nichts für hochgewachsene Männer übrig; sie sind meistens anmaßend und besserwisserisch. Aber Henry Snape – meine Frau hatte mir den Namen zugeflüstert – schien ein sympathischer junger Mann mit guten Manieren zu sein, und offenbar war er, wie sich das gehört, bis über die Ohren in Mrs. Snape verliebt. Er sah recht gut aus mit seinem langen Pferdegesicht und den dunkelbraunen Augen, deren Blick sanft und teilnahmsvoll war. Ich beneidete ihn um seinen schönen schwarzen Haarschopf und ertappte mich bei der Überlegung, welches Haarwasser er wohl benutzte. Er erzählte tatsächlich ein paar Witze, aber sie hatten Niveau, und niemand konnte etwas gegen sie einwenden.

«In der Schule», berichtete er, «nannten sie mich Scervix. Wissen Sie, warum?»

«Nein, keine Ahnung», sagte meine Frau.

«Weil unser englisches Wort *nape* im Lateinischen *cervix* heißt.»

Das war sehr scharfsinnig, und ich mußte eine Weile nachdenken, bevor ich die Pointe begriff.

«Welche Schule haben Sie besucht, Mr. Snape?» erkundigte sich meine Frau.

«Eton», antwortete er, und meine Frau nahm das mit einem beifälligen Nicken zur Kenntnis. Jetzt wird sie sich mit ihm unterhalten, dachte ich und wandte meine Aufmerksamkeit unserem anderen Gast, Sally Snape, zu. Sie war ein reizvolles Mädchen mit Busen. Wäre ich ihr fünfzehn Jahre früher begegnet, so hätte sie mich leicht zu einer Dummheit verleiten können. Nun, wie dem auch sei, ich kam sehr gut mit ihr aus und erzählte ihr von meinen schönen Schmetterlingen. Ich beobachtete sie, während ich sprach, und allmählich gewann ich den Eindruck, daß sie in Wirklichkeit gar nicht so heiter und unbekümmert war, wie ich zuerst geglaubt hatte. Sie schien sich gegen die Außenwelt abzuschließen, als hätte sie ein Geheimnis, das sie sorgsam hütete. Der Blick ihrer tiefblauen Augen huschte zu schnell durch den Raum, blieb nie länger als den Bruchteil einer Sekunde auf einem Gegenstand ruhen, und in ihr Gesicht hatte irgendein Kummer zarte, kaum wahrnehmbare Spuren eingegraben.

«Ich freue mich schon auf unser Bridge», sagte ich nach einer Weile, um das Thema zu wechseln.

«Wir auch», erwiderte sie. «Wissen Sie, wir spielen fast jeden Abend, weil es uns soviel Spaß macht.»

«Sie sind beide äußerst gewandt. Wie kommt es, daß Sie so gut spielen?»

«Es ist nur Übung», erklärte sie. «Übung, Übung und nochmals Übung.»

«Haben Sie schon mal an einem Turnier teilgenommen?»

«Nein, aber Henry möchte so gern, daß wir es tun. Wissen Sie, wenn man allen Ansprüchen genügen will, kostet das sehr viel Mühe. Schrecklich viel Mühe.»

Täuschte ich mich, oder schwang in ihrer Stimme tatsächlich eine leise Resignation mit? Ja, dachte ich, das wird es wohl sein: Er treibt sie zu hart an, macht aus dem Vergnügen eine Pflicht, und die Ärmste ist der Sache längst überdrüssig.

Um acht Uhr gingen wir, ohne uns umzuziehen, ins Speisezimmer hinüber. Das Dinner war ein Erfolg, und Henry Snape erzählte uns einige sehr komische Geschichten. Er lobte auch mit großer Kennerschaft meinen 34er Richebourg, was mich sehr erfreute. Als schließlich der Kaffee serviert wurde, stellte ich fest, daß mir die beiden jungen Menschen enorm sympathisch waren, und ich empfand ziemliches Unbehagen wegen dieser Geschichte mit dem Mikrophon. Wenn es sich um gräßliche Leute gehandelt hätte, wäre alles in Ordnung gewesen, aber der Gedanke, zwei so reizenden jungen Menschen einen solchen Streich zu spielen, rief ein starkes Schuldgefühl in mir hervor. Das soll nicht etwa heißen, daß ich kalte Füße bekam. Ich hielt es durchaus nicht für notwendig, das Unternehmen abzublasen. Ich konnte nur nicht die Vorfreude teilen, die mir meine Frau mit verstohlenem Lächeln und Blinzeln und heimlichem Kopfnicken offenbarte.

Gegen halb zehn kehrten wir in heiterer Stimmung und gut gesättigt in das große Wohnzimmer zurück, um unsere Bridgepartie zu beginnen. Da wir um einen ziemlich hohen Einsatz spielten – zehn Shilling auf hundert Punkte –, kamen wir überein, die Familien nicht zu trennen. Ich blieb also die ganze Zeit der Partner meiner Frau. Wir alle nahmen das Spiel ernst – wer es nicht ernst nimmt, soll lieber die Finger davon lassen –, und wir spielten sehr konzentriert. Bis auf die Ansagen wechselten wir kaum ein Wort. Natürlich ging es uns nicht ums Geld. Weiß Gott, meine Frau hatte genug davon und die Snapes anscheinend auch. Aber unter Experten gehört es sozusagen zum guten Ton, daß um einen anständigen Einsatz gespielt wird.

An diesem Abend waren die Karten gleichmäßig verteilt, doch meine Frau spielte viel schlechter als sonst, so daß wir dauernd verloren. Ich merkte ihr an, daß sie nicht ganz bei der Sache war, und als es auf Mitternacht ging, achtete sie überhaupt nicht mehr auf ihre Karten. Sie blickte mich immer wieder mit ihren runden grauen Augen an, die Brauen hochgezogen, die Nasenflügel eigenartig gebläht, ein kleines hämisches Lächeln in den Mundwinkeln.

Unsere Gegner spielten ausgezeichnet. Ihre Ansagen waren meisterhaft, und während des ganzen Abends machten sie nur einen einzigen Fehler. Das war, als das Mädchen die Karten ihres Partners stark überschätzte und sechs Pik ansagte. Ich verdoppelte, und sie gingen auf drei herunter, was sie achthundert Punkte kostete. Das kann jedem einmal passieren, aber Sally Snape geriet dadurch sehr aus der Fassung, obwohl ihr Mann ihr sofort verzieh, ihr über den Tisch hinweg die Hand küßte und sie bat, sich doch nur nicht aufzuregen.

Gegen halb eins verkündete meine Frau, sie wolle jetzt schlafen gehen.

«Noch einen Robber», schlug Henry Snape vor.

«Nein, Mr. Snape. Ich bin müde. Und Arthur ist auch müde, Ich sehe es ihm an. Machen wir Schluß, das ist für uns alle das beste.»

Sie erhob sich, und wir vier gingen zusammen nach oben. Auf der Treppe wurde, wie es bei solchen Gelegenheiten üblich ist, die Frage des Frühstücks erörtert – was sie haben wollten und wie sie das Mädchen rufen konnten. «Ich glaube, das Zimmer wird Ihnen gefallen», sagte meine Frau. «Man hat dort einen herrlichen Blick auf das Tal, und von zehn Uhr an scheint die Morgensonne herein.»

Wir hatten inzwischen den Flur erreicht und blieben vor unserer Schlafzimmertür stehen. Ich betrachtete verstohlen den Draht, den ich am Nachmittag gelegt hatte und der an der Scheuerleiste entlang zum Zimmer unserer Gäste führte. Obwohl er fast die gleiche Farbe hatte wie der Anstrich, sprang er mir förmlich in die Augen. «Gute Nacht», sagte meine Frau. «Schlafen Sie gut, Mrs. Snape. Angenehme Ruhe, Mr. Snape.» Ich folgte ihr in unser Zimmer und riegelte die Tür ab.

«Schnell!» rief sie. «Stell es an!» So ist meine Frau immer – besorgt, daß sie irgend etwas verpassen könnte. Bei der Jagd – an der ich nie teilnehme – ist sie stets mit den Hunden vornweg, ohne Rücksicht auf sich selbst und ihr Pferd, damit sie nur ja keinen Abschuß verpaßt. Ich sah ihr an, daß sie nicht gesonnen war, diesen hier zu verpassen.

Das kleine Radio wurde zeitig genug warm, um die Geräusche beim Öffnen und Schließen der Tür zu übermitteln.

«Da! Sie sind hineingegangen.»

Meine Frau stand in der Mitte des Zimmers und lauschte gespannt, die Hände über ihrem blauen Kleid gefaltet, den Kopf vorgestreckt. Das große, weiße Gesicht schien sich gestrafft zu haben wie ein Weinschlauch.

Im nächsten Augenblick drang die Stimme Henry Snapes aus dem Lautsprecher, stark und klar. «Du bist ein gottverdammter kleiner Idiot», sagte er, und seine Stimme war so anders, als ich sie in Erinnerung hatte, so barsch und unangenehm, daß ich zusammenzuckte. «Der ganze verfluchte Abend zum Teufel! Achthundert Punkte – das wären acht Pfund für uns gewesen!»

«Ich bin durcheinandergeraten», antwortete das Mädchen. «Es wird nicht wieder vorkommen, Henry, das verspreche ich dir.»

«Was ist *das*?» flüsterte meine Frau. «Was geht da vor?» Ihr Mund stand jetzt weit offen, und sie zog die Augenbrauen sehr hoch. Sie stürzte zum Radio, beugte sich vor und legte das Ohr an den Lautsprecher. Ich muß zugeben, daß auch ich ziemlich aufgeregt war.

«Ich verspreche, ich verspreche, es wird nicht wieder vorkommen», beteuerte das Mädchen.

«Versprechungen nützen mir gar nichts», sagte der Mann grimmig. «Wir werden es sofort noch mal üben.»

«O nein, bitte! Nicht jetzt! Ich kann einfach nicht mehr.»

«So was hab ich gern», knurrte der Mann. «Erst den ganzen Weg hierheraus, um der alten Schachtel ihr Geld abzuknöpfen, und dann vermasselst du mir die Tour.»

Diesmal war es meine Frau, die zusammenzuckte.

«Und das schon zum zweitenmal in dieser Woche», fügte er hinzu.

«Bestimmt, Henry, es wird nicht weder vorkommen.»

«Setz dich hin. Ich sage an, und du antwortest.»

«Nein, Henry, *bitte*! Nicht alle fünfhundert. Dazu brauchen wir mindestens drei Stunden.»

«Na gut, dann lassen wir die Fingerstellungen aus. Ich glaube, die kannst du. Wir machen nur die Grundansagen, die die Honneurs anzeigen.»

«Ach, Henry, muß das sein? Ich bin so müde.»

«Es ist sehr wichtig, daß du sie bis ins letzte beherrschst», erwiderte er. «Du weißt doch, wir haben in der nächsten Woche jeden Abend ein Spiel. Wovon soll denn der Schornstein sonst rauchen?»

«Was ist das?» keuchte meine Frau. «Was in aller Welt ist das?»

«Pst», zischte ich. «Hör zu!»

«Also los», sagte die Stimme des Mannes. Von Anfang an. Fertig?»

«Ach, Henry, *bitte*!» Sie schien den Tränen nahe zu sein.

«Vorwärts, Sally, reiß dich zusammen.»

Und dann sagte Henry Snape mit völlig veränderter Stimme – mit der, die wir im Wohnzimmer gehört hatten: «*Ein* Kreuz.» Mir fiel auf, daß er das Wörtchen ‹ein› stark betonte und es eigenartig gedehnt, fast singend aussprach.

«Kreuz-As und Kreuz-Dame», antwortete das Mädchen müde. «Pik-König und Pik-Bube. Kein Herz. Karo-As und Karo-Bube.»

«Und wie viele Karten zu jeder Farbe? Achte gefälligst auf meine Fingerstellung.»

«Die wollten wir doch auslassen, hast du gesagt.»

«Nun – wenn du ganz sicher bist, daß du sie kannst...»

«Ja, ich kann sie.»

Eine Pause. Dann: «Ein *Kreuz*.»

«Kreuz-König und Kreuz-Bube», zählte das Mädchen auf, «Pik-As. Herz-Dame und Herz-Bube. Karo-As und Karo-Dame.»

Wieder eine Pause. Dann: «Ich sage *ein* Kreuz.»

«Kreuz-As und Kreuz-König...»

«Herr des Himmels!» rief ich. «Das ist ein Code! Er gibt ihr jede Karte bekannt, die er in der Hand hat.»

«Arthur, das kann doch nicht sein?»

«Es ist wie bei diesen Männern im Varieté, die in den Zuschauerraum gehen und sich von irgendwem etwas geben lassen. Die Art, wie sie ihre Fragen formulieren, verrät dem Mädchen, das mit verbundenen Augen auf der Bühne steht, ganz genau, um was es sich handelt – wenn es ein Eisenbahnbillett ist, nennt sie sogar die Station, auf der es gelöst wurde.»

«Das ist doch unmöglich!»

«Keineswegs. Aber es kostet unendliche Mühe, das alles zu lernen. Hör zu!»

«Ich biete *ein Herz*», sagte die Stimme des Mannes.

«Herz-König, Herz-Dame und Herz-Zehn.

Pik-As und Pik-Bube. Kein Karo. Kreuz-Dame und Kreuz-Bube...»

«Außerdem», erklärte ich, «teilt er ihr die *Anzahl* der Karten jeder Farbe durch die Stellung seiner Finger mit.»

«Wie?»

«Keine Ahnung. Aber du hast ja gehört, daß er davon sprach.»

«Mein Gott, Arthur! Bist du sicher, daß es so ist?»

«Ich fürchte, ja.» Ich beobachtete, wie meine Frau zu ihrem Nachttisch ging, um sich eine Zigarette zu holen. Sie zündete sie an, drehte sich dann mit einem Ruck zu mir um und blies einen dünnen Rauchstrahl in die Luft. Mir war klar, daß wir irgend etwas unternehmen mußten, aber ich wußte nicht, was. Wir konnten ja die Snapes nicht beschuldigen, ohne zugleich unsere Informationsquelle preiszugeben. Ich wartete auf die Entscheidung meiner Frau.

«Du, Arthur», sagte sie langsam und blies eine Rauchwolke aus, «das ist eine *phantastische* Sache. Glaubst du, daß *wir* das lernen könnten?»

«Wir?»

«Natürlich. Warum nicht?»

«Halt! Nein! Hör mal, Pamela...»

Aber da kam sie schon mit schnellen Schritten geradewegs auf mich zu, blieb vor mir stehen, senkte den Kopf und blickte auf mich herab. Um ihre Mundwinkel spielte der vertraute Anflug eines Lächelns, das keines war, die Nase krauste sich, die großen, runden grauen Augen starrten mich mit ihren glänzenden schwarzen Pupillen an, und dann wurden sie ganz grau, und alles übrige war weiß, von vielen roten Äderchen durchzogen. Und als sie mich so ansah, streng und aus nächster Nähe – also ich schwöre, daß mir zumute war wie einem Ertrinkenden.

«Ja», sagte sie. «Warum nicht?»

«Aber Pamela... Du meine Güte... Nein... Schließlich...»

«Arthur, ich wollte wirklich, du würdest mir nicht *dauernd* widersprechen. Genau das werden wir tun. Los, hol ein Spiel Karten; wir fangen sofort an.»

Gift

Es muß gegen Mitternacht gewesen sein, als ich nach Hause fuhr. Kurz vor dem Gartentor des Bungalows blendete ich die Scheinwerfer ab, um zu vermeiden, daß der Lichtstrahl beim Einbiegen das Fenster von Harry Popes Schlafzimmer traf und ihn aufweckte. Aber ich hätte mir deswegen keine Gedanken zu machen brauchen. Als ich mich dem Haus näherte, sah ich, daß Harrys Lampe noch brannte. Er war also wach – wenn er nicht über seinem Buch eingenickt war.

Ich parkte den Wagen und stieg die fünf Stufen zur Veranda hinauf. In der Dunkelheit zählte ich jede Stufe, damit ich oben nicht etwa ins Leere trat. Ich überquerte die Veranda, stieß die Fliegentür auf und knipste das Licht in der Diele an. Dann ging ich zu Harrys Tür, öffnete sie einen Spaltbreit und schaute ins Zimmer.

Er lag auf dem Bett, und ich sah, daß er wach war. Er bewegte sich jedoch nicht. Er wandte mir nicht einmal den Kopf zu, aber ich hörte ihn flüstern: «Timmer, Timber, komm her.»

Er sprach überaus langsam und vorsichtig. Ich öffnete die Tür vollends und wollte gerade mit schnellen Schritten auf ihn zugehen, als er sagte: «Halt. Warte einen Augenblick, Timber.»

Ich konnte ihn kaum verstehen. Anscheinend kostete es ihn gewaltige Mühe, die Worte herauszubringen.

«Was ist los, Harry?»

«Pssst!» zischte er. «Pssst! Um Gottes willen, sei leise. Zieh die Schuhe aus, bevor du herkommst. *Bitte*, Timber, tu, was ich dir sage.»

Seine Art zu sprechen beschwor eine Erinnerung herauf: George Barling, der einen Bauchschuß bekommen hatte, stand an die Kiste mit dem Reserve-Flugzeugmotor gelehnt, preßte die Hände auf den Leib und verwünschte den deutschen Piloten in genau dem gleichen heiseren, angestrengten Flüsterton, der jetzt aus Harrys Kehle drang.

«Schnell, Timber. Aber zieh dir zuerst die Schuhe aus.»

Ich hatte keine Ahnung, warum ich mir die Schuhe ausziehen sollte, hielt es jedoch für besser, ihm nicht zu widersprechen, denn er machte den Eindruck eines todkranken Menschen. Ich bückte mich also, streifte die Schuhe ab und ließ sie auf dem Boden liegen. Dann ging ich zu Harry hinüber.

«Faß das Bett nicht an! Um Gottes willen, faß das Bett nicht an!» Er sprach noch immer, als hätte er einen Bauchschuß bekommen. Ich sah, daß er auf dem Rücken lag, bis zur Brust mit einem Laken zugedeckt. Er trug einen blau, braun und weiß gestreiften Pyjama und schwitzte fürchterlich. Die Nacht war schwül, und auch ich schwitzte, aber nicht so wie Harry. Sein Gesicht triefte von Schweiß, und rings um den Kopf war das Kissen völlig durchnäßt. Vielleicht ein schwerer Malariaanfall, dachte ich.

«Was ist denn nur los, Harry?»

«Eine Bungar», sagte er.

«Eine *Bungar*! O Gott! Wo hat sie dich gebissen? Und wann?»

«Nicht so laut», wisperte er.

Ich beugte mich vor und packte ihn an der Schulter. «Harry, wir müssen sofort etwas unternehmen. Los, los, sag doch schon, wo sie dich gebissen hat.»

Er rührte sich nicht, und er wirkte seltsam verkrampft, als müsse er alle Kraft zusammennehmen, um einen starken Schmerz zu ertragen.

«Ich bin nicht gebissen worden», flüsterte

er. «Noch nicht. Sie liegt auf meinem Bauch. Sie liegt da und schläft.»

Ich fuhr unwillkürlich zurück und starrte auf seinen Bauch oder vielmehr auf das Laken, das ihn bedeckte. Das Laken warf an mehreren Stellen Falten, so daß nicht zu erkennen war, ob sich etwas darunter verbarg.

«Eine Bungar auf deinem Bauch? Das ist doch wohl nicht dein Ernst.»

«Ich schwöre es dir.»

«Wie ist sie denn dorthin gekommen?» Es war leichtsinnig von mir, diese Frage zu stellen. Harry scherzte offensichtlich nicht, und ich hätte ihn lieber ermahnen sollen, sich still zu verhalten.

«Ich las», sagte Harry. Er sprach sehr langsam, Wort für Wort, und war ängstlich darauf bedacht, die Bauchmuskeln nicht anzuspannen. «Lag auf dem Rücken und las und fühlte etwas auf der Brust. Hinter dem Buch. Eine Art Kitzeln. Dann sah ich aus den Augenwinkeln diese Bungar über meine Brust kriechen. Klein, etwa fünfundzwanzig Zentimeter. Wußte, daß ich mich nicht rühren durfte. Hätte es auch gar nicht gekonnt. Lag da und beobachtete sie. Dachte, sie würde von meiner Brust aufs Laken kriechen.» Harry schwieg einige Sekunden. Seine Augen richteten sich auf die Stelle, wo das Laken seinen Bauch bedeckte, und ich begriff, daß er fürchtete, sein Flüstern könnte die Bungar gestört haben.

«Da war eine Falte im Laken», berichtete er schließlich weiter. Er sprach jetzt noch langsamer und so leise, daß ich mich weit vorbeugen mußte, um ihn zu verstehen. «Hier oben, siehst du? Sie kroch darunter. Ich konnte durch den Pyjama fühlen, wie sie auf meinen Bauch kroch. Und dann machte sie halt. Jetzt liegt sie dort in der Wärme. Schläft wahrscheinlich. Ich habe auf dich gewartet.» Er hob den Blick und sah mich an.

«Wie lange schon?»

«Seit Stunden», flüsterte er. «Seit Stunden und Stunden und Stunden. Ich kann einfach nicht mehr still liegen. Und dann dieser Hustenreiz, den ich schon die ganze Zeit habe...»

Die Wahrheit dieser Geschichte ließ sich kaum bezweifeln. Für eine Bungar war das durchaus keine ungewöhnliche Verhaltensweise. Diese Schlangen sind oft in der Nähe von Häusern zu finden und haben eine Vorliebe für warme Plätze. Ungewöhnlich erschien mir nur, daß Harry nicht gebissen worden war. Der Biß ist absolut tödlich, es sei denn, daß man das Tier sofort fängt. Jedes Jahr sterben auf diese Weise eine größere Anzahl von Menschen in Bengalen, vor allem in den Dörfern.

«Paß auf, Harry», sagte ich, ebenfalls im Flüsterton, «du darfst dich um keinen Preis bewegen. Und sprich nur, wenn es unbedingt nötig ist. Tu nichts, was sie erschrecken könnte, dann beißt sie bestimmt nicht. Wir kriegen das schon hin.»

Ich schlich auf Socken in die Küche, holte ein kleines, scharfes Messer und steckte es in die Hosentasche – für den Fall, daß etwas schiefging, bevor wir einen Plan gefaßt und ihn ausgeführt hatten. Wenn Harry hustete oder sich bewegte oder sonst etwas tat, was die Bungar zum Beißen reizte, würde ich sofort die Wunde durch einen Schnitt erweitern und versuchen, das Gift auszusaugen. Ich kehrte ins Schlafzimmer zurück. Harry lag regungslos da, und der Schweiß lief ihm in Strömen über das Gesicht. Er wandte keinen Blick von mir, als ich durch das Zimmer auf sein Bett zuging, und ich sah ihm an, daß er sich fragte, was ich draußen gemacht hatte. Ich stand neben ihm und zerbrach mir den Kopf, wie ich ihm am besten helfen könnte.

«Harry», sagte ich dicht an seinem Ohr, damit ich die Stimme nicht über das allerleiseste Flüstern zu erheben brauchte, «ich möchte jetzt das Laken ganz, ganz vorsichtig zurückziehen und sie mir erst einmal ansehen. Ich glaube, ich schaffe es, ohne sie zu wecken.»

«Laß das bleiben, du verdammter Idiot.» Er sprach so langsam, so vorsichtig, so leise, daß seine Stimme völlig ausdruckslos war. Der Ausdruck lag in den Augen und in den Mundwinkeln.

«Warum denn?»

«Das Licht würde sie erschrecken. Unter dem Laken ist es doch dunkel.»

«Und wenn ich nun das Laken mit einem Ruck fortreiße und sie hinunterfege, bevor sie zubeißen kann?»

«Warum holst du keinen Arzt?» fragte Harry. Der Blick, mit dem er mich ansah, machte mir klar, daß ich schon längst daran hätte denken müssen.

«Einen Arzt. Natürlich. Ich rufe Ganderbai an.»

Ich ging auf Zehenspitzen in die Diele, schlug Ganderbais Nummer im Telefonbuch nach, hob den Hörer ab und bat die Vermittlung, sich zu beeilen.

«Dr. Ganderbai», sagte ich. «Hier spricht Timber Woods.»

«Hallo, Mr. Woods. Sind Sie noch nicht im Bett?»

«Hören Sie, können Sie wohl sofort herkommen? Und bringen Sie ein Serum mit – gegen einen Bungarbiß.»

«Wer ist gebissen worden?» Er stieß die Frage so scharf hervor, daß es in meinem Ohr eine Art kleiner Explosion gab.

«Niemand. Bis jetzt noch niemand. Aber Harry Pope liegt im Bett und hat eine Bungar auf dem Bauch – sie schläft unter dem Laken auf seinem Bauch.»

Etwa drei Sekunden lang herrschte tiefe Stille, dann hörte ich wieder Ganderbais Stimme, und diesmal sprach er nicht explosiv, sondern langsam und eindringlich. «Sagen Sie ihm, er soll ganz still liegen. Er darf sich nicht bewegen und nicht sprechen. Verstehen Sie?»

«Gewiß.»

«Ich komme sofort.» Er legte auf, und ich ging ins Schlafzimmer zurück. Harry ließ mich nicht aus den Augen, als ich den Raum durchquerte.

«Ganderbai ist schon unterwegs. Er sagt, du sollst ganz still liegen.»

«Zum Teufel, denkt er etwa, ich tanze hier herum?»

«Und nicht sprechen, hat er gesagt. Auf keinen Fall, Harry. Du nicht und ich auch nicht.»

«Warum bist du dann nicht endlich still?» Bei diesen Worten begann es in Harrys einem Mundwinkel zu zucken – schnelle, kurze, zum Kinn hinlaufende Bewegungen, die auch dann noch andauerten, als er nicht mehr sprach. Ich zog mein Taschentuch heraus und wischte ihm sehr sanft den Schweiß vom Gesicht. Ich fühlte das leichte Zucken des Muskels – es war der, mit dem er sonst lächelte –, als ich darüberstrich.

Ich schlich in die Küche, holte etwas Eis aus dem Kühlschrank, wickelte es in eine Serviette und zerkleinerte es so geräuschlos wie möglich. Die Sache mit dem Mund gefiel mir nicht. Und ebensowenig die Art, wie er sprach. Ich ging mit dem Eispaket ins Schlafzimmer und legte es auf Harrys Stirn.

«Zum Abkühlen.»

Er verdrehte die Augen und zog scharf die Luft durch die Zähne. «Nimm es weg», flüsterte er. «Ich muß sonst husten.» Der kleine Lachmuskel begann von neuem zu zucken.

Der Lichtstrahl eines Scheinwerfers huschte über das Bett, als Ganderbais Wagen in die Auffahrt einbog. Ich lief hinaus, das Eispaket noch immer in beiden Händen.

«Wie sieht's aus?» fragte Ganderbai. Er blieb nicht stehen, um mich zu begrüßen, son-

dern eilte an mir vorbei durch die Fliegentür.
«Wo ist er? In welchem Zimmer?»

Er stellte seine Tasche auf einen Stuhl in der Diele und folgte mir in Harrys Zimmer. Seine Füße steckten in weichsohligen Pantoffeln, so daß er lautlos und leicht wie eine Katze über den Fußboden glitt. Harry beobachtete ihn, ohne den Kopf zu bewegen. Als Ganderbai das Bett erreicht hatte, blickte er auf Harry hinab, lächelte ihm beruhigend zu und nickte mit dem Kopf, um anzudeuten, daß Harry sich keine Sorgen zu machen brauche, denn er, Dr. Ganderbai, werde diese Kleinigkeit bestens erledigen. Dann wandte er sich ab und ging hinaus. Ich folgte ihm in die Diele.

«Zuerst möchte ich ihm das Serum einspritzen», sagte er und öffnete die Tasche, um seine Vorbereitungen zu treffen. «Intravenös. Aber ich muß dabei sehr vorsichtig sein, damit er nicht etwa zusammenzuckt.»

Nachdem er in der Küche die Injektionsspritze sterilisiert hatte, nahm er ein Fläschchen in die linke Hand, stieß die Nadel durch den Gummiverschluß und zog mit dem Kolben eine hellgelbe Flüssigkeit in die Spritze. Dann gab er sie mir.

«Halten Sie das, bis ich soweit bin.»

Er ergriff die Tasche, und wir gingen ins

Schlafzimmer. Harrys Augen glänzten jetzt und waren weit geöffnet. Ganderbai beugte sich über ihn. Sehr behutsam – wie jemand, der mit Spitzen aus dem sechzehnten Jahrhundert hantiert – streifte er den Pyjamaärmel bis zum Ellbogen hoch, ohne Harrys Arm anzuheben. Ich stellte fest, daß er darauf bedacht war, nicht zu nah an das Bett heranzutreten.

Er flüsterte: «Ich gebe Ihnen jetzt eine Injektion. Serum. Nur ein Stich, aber versuchen Sie, sich nicht zu bewegen. Und nicht die Bauchmuskeln anspannen. Ganz locker lassen.»

Harry starrte auf die Spritze.

Ganderbai holte einen roten Gummischlauch aus der Tasche, schob ihn vorsichtig unter Harrys Arm und knotete ihn über dem Bizeps fest zusammen. Dann betupfte er die Armbeuge mit Alkohol, gab mir den Wattebausch und ließ sich dafür die Spritze reichen. Er hielt sie gegen das Licht und drückte nach einem Blick auf die Meßskala etwas Flüssigkeit heraus. Ich stand daneben und schaute ihm zu. Harry schaute ebenfalls zu. Er schwitzte stark. Sein Gesicht glänzte, als wäre es dick mit Fettcreme eingerieben, die auf der Haut zerschmolz und auf das Kissen rann.

Ich sah die blaue Vene in Harrys Armbeuge, angeschwollen jetzt durch die Aderpresse.

Dann sah ich die Nadel über der Vene. Ganderbai hielt die Spritze fast flach gegen den Arm, schob die Nadel seitwärts durch die Haut in die blaue Vene, schob sie langsam hinein, aber so fest, daß sie in die Haut glitt wie in ein Stück Käse. Harry, dessen Blick auf die Zimmerdecke gerichtet war, schloß die Augen und öffnete sie wieder, rührte sich jedoch nicht.

Als Ganderbai fertig war, beugte er sich vor und flüsterte dicht an Harrys Ohr: «Es ist jetzt in Ordnung, selbst *wenn* Sie gebissen werden. Aber bewegen Sie sich nicht. Bitte, bewegen Sie sich nicht. Ich bin sofort zurück.»

Er nahm seine Tasche und verließ das Zimmer. Ich folgte ihm.

«Ist er jetzt immun?» fragte ich.

«Nein.»

«Ja, aber...»

Der kleine indische Arzt stand in der Diele und rieb sich die Unterlippe.

«Gibt ihm das Serum nicht wenigstens einen gewissen Schutz?» erkundigte ich mich.

Ganderbai ging zu der Fliegentür, die auf die Veranda führte. Ich dachte, er würde sie aufstoßen, aber er blieb an der Innenseite der Tür stehen und blickte durch das Drahtgeflecht hinaus in die Nacht.

«Ist das Serum nicht gut?» fragte ich.

«Leider nicht», antwortete er, ohne sich umzudrehen. «Vielleicht kann es ihn retten. Vielleicht auch nicht. Ich überlege gerade, was sich sonst noch tun ließe.»

«Sollen wir das Laken schnell zurückziehen und die Bungar herunterfegen, bevor sie zubeißen kann?»

«Auf keinen Fall! Wir dürfen sein Leben nicht aufs Spiel setzen.» Er sprach in scharfem Ton, und seine Stimme klang ein wenig schrill.

«Wir können ihn aber nicht einfach so liegen lassen», sagte ich. «Seine Nerven halten das nicht aus.»

«Bitte! Bitte!» Er fuhr herum und hob abwehrend die Hände. «Nicht so hastig, bitte. So etwas läßt sich nicht übers Knie brechen.» Er trocknete sich die Stirn mit dem Taschentuch und starrte, an den Lippen nagend, nachdenklich vor sich hin.

«Ja», sagte er schließlich, «es gibt eine Möglichkeit. Wissen Sie, was wir tun werden? Wir werden das Tier narkotisieren.»

Das war eine geniale Idee.

«Ich weiß allerdings nicht, ob es gelingen wird», fügte er hinzu. «Schlangen sind Kaltblüter, und Betäubungsmittel wirken bei ihnen nicht so gut oder jedenfalls nicht so schnell wie bei warmblütigen Lebewesen. Aber es ist unsere einzige Chance. Wir können Äther verwenden... oder Chloroform...» Er sprach langsam und versuchte auf diese Weise, sich über die erforderlichen Maßnahmen klarzuwerden.

«Was schlagen Sie also vor?»

«Chloroform», entschied er. «Gewöhnliches Chloroform. Das ist das beste. Kommen Sie!» Er zog mich auf die Veranda. «Fahren Sie zu mir nach Hause. Ich rufe inzwischen meinen Boy an. Er wird Ihnen den Giftschrank zeigen. Hier ist der Schlüssel zum Schrank. Nehmen Sie das Chloroform heraus. Die Flasche hat ein hellrotes Etikett, auf dem die Bezeichnung steht. Ich bleibe hier, falls etwas passiert. Los, beeilen Sie sich! Nein, nein, Sie brauchen keine Schuhe.»

Ich fuhr schnell, und nach etwa fünfzehn Minuten war ich mit dem Chloroform zurück. Ganderbai kam aus Harrys Zimmer, als ich ins Haus trat. «Haben Sie's?» fragte er. «Gut, gut. Ich habe ihm gerade erklärt, was wir vorhaben. Wir müssen jetzt schnell machen. Es ist auf die Dauer nicht leicht für ihn. Ich habe Angst, daß er sich bewegt.»

Er ging ins Schlafzimmer, und ich folgte ihm mit der Flasche, die ich wie eine Kostbarkeit vor mir hertrug. Harry lag noch in genau derselben Stellung auf dem Bett. Der Schweiß strömte ihm über die Wangen. Sein Gesicht war weiß und naß. Als er die Augen auf mich richtete, lächelte ich und nickte ihm ermutigend zu. Ich hob den Daumen und machte das Okay-Zeichen. Ganderbai hockte sich neben das Bett. Auf dem Fußboden sah ich den Gummischlauch, den er vorhin als Aderpresse benutzt hatte. Jetzt steckte in dem einen Ende des Schlauches ein kleiner Papiertrichter.

Nun machte sich Ganderbai daran, ein Stückchen Laken unter der Matratze hervorzuziehen, und zwar an einer Stelle, die sich in gleicher Höhe mit Harrys Bauch befand, etwa vierzig Zentimeter davon entfernt. Ich beobachtete, wie seine Finger vorsichtig am Laken zupften. Er arbeitete so langsam, daß ich Mühe hatte, an den Fingern oder dem Laken eine Bewegung wahrzunehmen.

Schließlich hatte er es geschafft: Unter dem Laken wölbte sich eine kleine Öffnung. Er nahm den Gummischlauch und schob ihn behutsam zwischen Matratze und Laken. Ich weiß nicht, wieviel Zeit er brauchte, um den Schlauch bis zu Harrys Körper gleiten zu lassen. Es können zwanzig, es können vierzig Minuten gewesen sein. Kein einziges Mal sah ich, daß der Schlauch sich bewegte. Ich wußte, daß er vordrang, da der sichtbare Teil allmählich kürzer wurde, doch ich war sicher, daß die Bungar nicht die leiseste Erschütterung spürte. Ganderbai schwitzte jetzt auch; große Schweißtropfen standen ihm auf der Stirn und der Oberlippe. Aber seine Hände waren ruhig. Ich bemerkte, daß er nicht auf den Schlauch blickte, sondern auf die Falten, die das Laken über Harrys Bauch warf.

Ohne mich anzusehen, streckte er die Hand nach dem Chloroform aus. Ich entfernte den Glasstöpsel und gab ihm die Flasche in die Hand, ängstlich darauf bedacht, sie nicht eher loszulassen, als bis er sie fest im Griff hatte. Dann bedeutete er mir mit einer Kopfbewegung, näher zu kommen, und flüsterte: «Sagen Sie ihm, daß ich jetzt das Chloroform durch den Schlauch auf die Matratze gieße und es sehr kalt unter seinem Körper werden wird. Damit muß er rechnen. Er darf auf keinen Fall zusammenzucken. Schärfen Sie ihm das ein.»

Ich beugte mich über Harry und teilte ihm mit, was Ganderbai tun wollte.

«Warum macht er nicht weiter?» fragte Harry.

«Er macht ja weiter, Harry. Aber es wird

sich sehr kalt anfühlen, bereite dich also darauf vor.»

«Mein Gott, macht weiter, macht doch schon weiter!»

Zum erstenmal hatte er die Stimme erhoben. Ganderbai blickte auf, sah ihn scharf an und wandte sich dann wieder seiner Arbeit zu.

Er goß ein paar Tropfen Chloroform in den Papiertrichter und wartete, bis sie durch den Schlauch gelaufen waren. Dann goß er einige Tropfen nach und wartete abermals. Der schwere süßliche Geruch des Chloroforms breitete sich im Zimmer aus und weckte unangenehme Erinnerungen an weißgekleidete Schwestern und Ärzte, die in einem weißen Raum um einen langen weißen Tisch standen. Ganderbai goß jetzt schneller nach, und ich sah den schweren Dunst des Chloroforms wie Rauch über dem Papiertrichter wallen. Nach einiger Zeit hielt Ganderbai die Flasche gegen das Licht und entschloß sich, den Trichter noch einmal zu füllen, bevor er sie mir zurückgab. Dann zog er den Gummischlauch langsam unter dem Laken hervor und stand auf.

Offenbar war es eine große Anstrengung für ihn gewesen, den Schlauch vorzuschieben und das Chloroform einzugießen, denn seine Stimme klang matt und erschöpft, als er sich umdrehte und mir zuraunte: «Wir werden eine Viertelstunde warten. Um ganz sicherzugehen.»

Ich beugte mich über Harry. «Wir werden eine Viertelstunde warten, um ganz sicherzugehen. Aber wahrscheinlich ist es schon geschafft.»

«Zum Donnerwetter, warum seht ihr dann nicht nach?» Wieder sprach er laut. Ganderbai fuhr herum. Seine Miene war plötzlich sehr zornig. Er hatte fast schwarze Augen, mit denen er Harry anstarrte. Harrys kleiner Muskel begann wieder zu zucken. Ich nahm mein Taschentuch, trocknete sein nasses Gesicht und strich ihm beruhigend über die Stirn.

Schweigend warteten wir neben dem Bett. Ganderbai blickte Harry unverwandt und seltsam eindringlich an. Der kleine Inder konzentrierte seine Willenskraft darauf, Harry ruhig zu halten. Er ließ ihn nicht eine Sekunde aus den Augen, und obgleich er keinen Laut von sich gab, schien er dauernd zu rufen: Hören Sie mir zu, Sie müssen mir zuhören, Sie dürfen jetzt nicht alles zunichte machen, hören Sie? Und Harry lag mit zuckendem Mund da und schwitzte. Seine Lider waren meistens geschlossen, und wenn er sie öffnete, sah er entweder mich an oder das Laken oder die Zimmerdecke, aber niemals Ganderbai. Und doch wurde er irgendwie von Ganderbai beherrscht. Der durchdringende Chloroformgeruch ließ ein Gefühl der Übelkeit in mir aufsteigen, aber ich konnte jetzt unmöglich aus dem Zimmer gehen. Mir war, als würde vor meinen Augen ein Ballon aufgeblasen, der immer mehr anschwoll, während ich ihn wie gebannt anstarrte und wartete, daß er zerplatzte.

Endlich drehte sich Ganderbai um und nickte. Es war soweit. «Gehen Sie an die andere Bettseite», sagte er. «Wir nehmen jeder einen Zipfel des Lakens und ziehen es zurück. Aber bitte sehr langsam, sehr vorsichtig.»

«Lieg jetzt ganz still, Harry», ermahnte ich ihn und ging um das Bett herum. Ganderbai stand mir gegenüber. Wir ergriffen das Laken an den beiden oberen Zipfeln, hoben es leicht von Harrys Körper ab und zogen es Zentimeter für Zentimeter zurück. Dabei gaben wir acht, daß wir nicht zu nah an das Bett herankamen, beugten uns jedoch vor und versuchten, unter das Laken zu schauen. Der Chloroformgeruch war ekelhaft. Ich erinnere mich, daß ich die Luft so lange wie möglich anhielt, und als das nicht mehr ging, bemühte ich mich, flach zu atmen, damit mir das Zeug nicht in die Lungen drang.

Harrys Brust – besser gesagt, seine gestreifte

Pyjamajacke – war jetzt freigelegt. Dann sah ich das weiße Band der Pyjamahose, sauber zu einer Schleife gebunden. Etwas weiter unten tauchte ein Knopf auf, ein Perlmuttknopf. Ich habe noch nie einen Pyjama gehabt, dessen Schlitz mit einem Knopf zu schließen war, geschweige denn mit einem Perlmuttknopf. Dieser Harry, dachte ich, ist doch ein richtiger Stutzer. Es ist merkwürdig, daß einem manchmal in den aufregendsten Situationen solche albernen Gedanken kommen. Ich weiß noch genau, daß ich Harry für einen Stutzer hielt, als ich diesen Knopf sah.

Außer dem Knopf war nichts auf seinem Bauch.

Nun zogen wir das Laken schneller zurück, und als wir die Beine und die Füße aufgedeckt hatten, ließen wir es auf den Boden fallen.

«Bewegen Sie sich nicht», sagte Ganderbai. «Bewegen Sie sich nicht, Mr. Pope.» Er versuchte, unter Harrys Körper zu spähen.

«Wir müssen vorsichtig sein», erklärte er. «Sie kann überall stecken. Vielleicht ist sie ins Hosenbein des Pyjamas gekrochen.»

Diese Worte bewirkten, daß Harry hastig den Kopf vom Kissen hob und an sich hintersah. Es war das erste Mal, daß er sich bewegte. Dann sprang er mit einem Satz auf, so daß er nun mitten im Bett stand, und schüttelte zuerst das eine, dann das andere Bein heftig in der Luft. In diesem Augenblick dachten wir beide, er sei gebissen worden, und Ganderbai suchte bereits in seiner Tasche nach einem Skalpell und einer Aderpresse. Plötzlich aber hörte Harry mit seinen Luftsprüngen auf. Er betrachtete die Matratze, auf der er stand, und rief: «Sie ist nicht da!»

Ganderbai richtete sich auf und betrachtete ebenfalls die Matratze. Dann sah er Harry an. Harry war unversehrt. Er war nicht gebissen worden, er würde nicht gebissen werden, er brauchte nicht zu sterben, und alles war gut. Aber das schien keinen von uns zu beruhigen.

«Mr. Pope, Sie sind natürlich *ganz* sicher, daß Sie die Bungar gesehen haben?» In Ganderbais Stimme lag eine Spur von Sarkasmus – was unter normalen Umständen bei ihm undenkbar gewesen wäre. «Sie glauben nicht, Mr. Pope, daß Sie geträumt haben könnten, nicht wahr?» Die Art, wie er Harry ansah, verriet mir, daß der Sarkasmus nicht als Beleidigung gemeint war. Ganderbai machte sich nach der Nervenprobe nur etwas Luft. Harry stand in seinem gestreiften Pyjama auf dem Bett und starrte den Arzt an, während ihm das Blut in die Wangen stieg.

«Wollen Sie etwa behaupten, daß ich ein Lügner bin?» brüllte er.

Ganderbai blickte schweigend zu ihm auf. Harry trat einen Schritt auf dem Bett vor. In seinen Augen war ein seltsames Funkeln.

«Sie dreckiges indisches Mistvieh!»

«Halt den Mund, Harry!» rief ich.

«Sie dreckiges schwarzes...»

«Harry!» schrie ich. «Halt den Mund, Harry!» Es war schrecklich, was er alles sagte.

Ganderbai ging aus dem Zimmer, als wären Harry und ich nicht vorhanden. Ich eilte ihm nach und legte ihm den Arm um die Schultern, als wir die Diele überquerten und auf die Veranda hinaustraten.

«Hören Sie nicht auf Harry», bat ich. «Die Sache hat ihn fertiggemacht. Er weiß nicht mehr, was er sagt.»

Wir gingen die Verandatreppe hinunter zur Auffahrt, wo in der Dunkelheit Ganderbais alter Morris stand. Er öffnete die Tür und stieg ein.

«Sie haben großartige Arbeit geleistet», beteuerte ich. «Vielen herzlichen Dank, daß Sie gekommen sind.»

«Alles, was er braucht, ist ein langer Urlaub», sagte er ruhig, ohne mich anzusehen. Dann ließ er den Motor an und fuhr los.

Der große automatische Grammatisator

«Ach, da sind Sie ja, Knipe, mein Junge. Jetzt, wo wir's geschafft haben, wollte ich Ihnen doch sagen, wie sehr ich mit Ihrer Arbeit zufrieden bin.»

Adolph Knipe stand vor Mr. Bohlens Schreibtisch. Nach seiner unbewegten Miene zu urteilen, war er keineswegs begeistert.

«Freuen Sie sich denn nicht?»

«O doch, Mr. Bohlen.»

«Wissen Sie schon, was die Morgenzeitungen darüber geschrieben haben?»

«Nein, Sir.»

Der Mann hinter dem Schreibtisch nahm eine zusammengefaltete Zeitung zur Hand und las vor: ««Der Bau des großen Elektronengehirns, das die Regierung vor einiger Zeit in Auftrag gab, wurde soeben abgeschlossen. Diese elektronische Rechenmaschine ist vermutlich die schnellste der Welt. Sie erledigt in kürzester Zeit komplizierte mathematische Berechnungen, die von Naturwissenschaft, Industrie und Verwaltung in immer stärkerem Maße benötigt werden und deren Durchführung mit Hilfe der traditionellen Methoden physisch unmöglich wäre oder mehr Zeit in Anspruch nehmen würde, als die Probleme rechtfertigen. Eine Vorstellung von der Geschwindigkeit, mit der die neue Maschine arbeitet – so sagte uns Mr. John Bohlen, der Chef der *Electrical Engineering Inc.*, der die Konstruktion vor allem zu danken ist –, mag die Tatsache vermitteln, daß sie in fünf Sekunden die richtige Antwort auf eine Frage gibt, mit der sich ein Mathematiker einen Monat lang beschäftigen müßte. In drei Minuten liefert sie eine Berechnung, die, schriftlich ausgeführt (wenn das möglich wäre), eine halbe Million Seiten im Folioformat füllen würde. Elektrische Stromstöße – eine Million je Sekunde – befähigen das Elektronengehirn, sämtliche Aufgaben zu lösen, bei denen Additionen, Subtraktionen, Multiplikationen und Divisionen erforderlich sind. Der praktischen Anwendung sind keine Grenzen gesetzt...»

Mr. Bohlen sah auf und blickte in das längliche, melancholische Gesicht des jüngeren Mannes. «Sind Sie nicht stolz, Knipe? Sind Sie nicht glücklich?»

«O doch, Mr. Bohlen.»

«Ich brauche Sie wohl nicht daran zu erinnern, daß Ihre Mitarbeit, besonders an den ursprünglichen Plänen, von entscheidender Bedeutung war. Ja, ich bin sogar der Meinung, daß ohne Sie und einige Ihrer Ideen dieses Projekt heute noch auf dem Reißbrett stünde.»

Adolph Knipe scharrte mit den Füßen auf dem Teppich und betrachtete die kleinen weißen Hände seines Chefs, die nervösen Finger, die mit einer Büroklammer spielten, sie aufbrachen und die Windungen geradebogen. Er mochte die Hände des Mannes nicht. Und ebensowenig mochte er seinen winzigen Mund mit den schmalen purpurroten Lippen. Wenn Mr. Bohlen sprach, bewegte sich nur die Unterlippe, und das sah scheußlich aus.

«Bedrückt Sie irgend etwas, Knipe? Haben Sie Sorgen?»

«O nein, Mr. Bohlen. Nein.»

«Wie wär's mit einer Woche Urlaub? Würde Ihnen guttun. Sie haben sich's redlich verdient.»

«Ach, ich weiß nicht, Sir...»

Der ältere Mann wartete, den Blick auf die lange, hagere Gestalt gerichtet, die so lasch vor ihm stand. Ein schwieriger Bursche, dieser Knipe. Warum konnte er sich nicht gerade halten? Immer ließ er die Schultern hängen. Und schlampig war er, mit Flecken auf der Jacke und ungekämmtem Haar.

«Ich möchte, daß Sie Urlaub nehmen, Knipe. Sie haben ihn nötig.»

«Schön, Sir. Wenn Sie es wünschen.»

«Nehmen Sie eine Woche. Zwei Wochen, wenn Sie Lust haben. Fahren Sie irgendwohin, wo es warm ist. Legen Sie sich in die Sonne. Schwimmen Sie. Spannen Sie mal so richtig aus. Schlafen Sie, soviel Sie nur können. Wenn Sie dann zurückkommen, unterhalten wir uns über Ihre Zukunft.»

Adolph Knipe fuhr mit dem Bus nach Hause. In seiner Zweizimmerwohnung warf er den Mantel auf das Sofa, goß sich einen Whisky ein und setzte sich vor die Schreibmaschine, die auf dem Tisch stand. Mr. Bohlen hatte recht. Natürlich hatte er recht. Nur daß er keine Ahnung hatte, was wirklich los war. Vermutlich dachte er, daß eine Frau im Spiel sei. Wenn ein junger Mann bedrückt ist, denkt jeder, es sei wegen einer Frau.

Er beugte sich vor, um das halb beschriebene Blatt durchzulesen, das in der Maschine steckte. Die Überschrift lautete: «Mit knapper Not entkommen», und der Text fing an: «*Die Nacht war dunkel und stürmisch, der Wind pfiff durch die Bäume, es regnete in Strömen...*»

Adolph Knipe trank einen Schluck Whisky,

kostete den malzig-bitteren Geschmack aus, fühlte, wie ihm die kalte Flüssigkeit die Kehle hinunterrann und sich im oberen Teil des Magens sammelte, bevor sie sich ausbreitete und eine kleine warme Zone in seinem Innern erzeugte. Ach, zum Teufel mit Mr. John Bohlen. Zum Teufel mit dem großartigen Elektronengehirn. Zum Teufel mit...

Seine Augen und sein Mund öffneten sich langsam, wie in höchster Verwunderung. Langsam hob er den Kopf, und so blieb er vierzig, fünfzig, sechzig Sekunden regungslos sitzen, während er mit einem geradezu ungläubig erstaunten, dabei aber ganz festen, gleichsam gesammelten Blick auf die gegenüberliegende Wand starrte. Dann (ohne daß er den Kopf bewegt hätte) veränderte sich allmählich der Ausdruck seines Gesichts, kaum merklich zunächst, nur an den Mundwinkeln sichtbar, bald jedoch immer ausgeprägter, immer umfassender, bis schließlich das ganze Gesicht von äußerstem Entzücken überstrahlt war. Das Staunen hatte der Freude Platz gemacht. Es war das erste Mal seit vielen, vielen Monaten, daß Adolph Knipe lächelte.

«Natürlich ist es völlig idiotisch», sagte er laut. Wieder lächelte er und entblößte dabei auf eine seltsam sinnliche Weise die Zähne.

«Eine wunderbare Idee, aber so undurchführbar, daß es sich wirklich nicht lohnt, darüber nachzudenken.»

Von nun an dachte Adolph Knipe über nichts anderes mehr nach. Die Idee faszinierte ihn ungemein, anfangs nur deswegen, weil er sich ausmalte, wie schön es wäre, mit ihrer Hilfe an seinen schlimmsten Feinden teuflische Rache zu nehmen. Unter diesem Gesichtspunkt spielte er vielleicht zehn oder fünfzehn Minuten mit ihr; dann ertappte er sich plötzlich dabei, daß er sie allen Ernstes als praktische Möglichkeit in Betracht zog. Er machte sich ein paar vorbereitende Notizen auf einem Blatt Papier. Aber er kam nicht weit. Er fand sich fast sofort mit der altbekannten Tatsache konfrontiert, daß eine Maschine, so hochentwickelt sie auch sein mag, nicht selbständig denken kann. Sie kann nur Aufgaben lösen, die sich in mathematischen Begriffen ausdrücken lassen – Aufgaben, deren Lösung ein für allemal feststeht.

Das war eine harte Nuß. Er kam nicht darum herum: Eine Maschine hat keinen Verstand. Aber es gibt Maschinen, die ein Gedächtnis haben, nicht wahr? Das Elektronengehirn der *Electrical Engineering Inc.* zum Beispiel hatte ein phantastisches Gedächtnis. Es konnte, einfach indem es elektrische Impulse durch eine Quecksilbersäule in hochfrequente Wellen verwandelte, mindestens tausend Zahlen auf einmal speichern und jede von ihnen genau in dem Augenblick abrufen, in dem sie gebraucht wurde. Sollte es also nicht möglich sein, nach diesem Prinzip ein Wort-Speicherwerk von nahezu unbegrenztem Fassungsvermögen zu bauen?

Wie stand es damit?

Plötzlich schoß ihm ein Gedanke durch den Kopf, eine simple, aber überwältigende Wahrheit: *Die englische Grammatik ist Regeln unterworfen, die in ihrer Strenge fast mathematisch sind!* Wenn die Wörter feststehen, wenn der Sinn dessen, was gesagt werden soll, feststeht, gibt es nur *eine* mögliche Reihenfolge, in der diese Wörter angeordnet werden können.

Nein, dachte er, das stimmt nicht ganz. Sehr oft gibt es für die Stellung von Wörtern und Satzteilen mehrere Möglichkeiten, die alle grammatisch korrekt sind. Na wennschon! An der Theorie selbst ist nicht zu rütteln. Folglich muß sich eine Maschine, die nach dem Prinzip des Elektronengehirns gebaut ist, so einrichten lassen, daß sie Wörter (statt Zahlen) den grammatischen Regeln entsprechend anordnet. Füttere sie mit Verben, Substantiven, Adjektiven,

Pronomen, so daß sich im Speicherwerk ein Wortschatz bildet, und sorge dafür, daß diese Wörter je nach Bedarf abgerufen werden können. Gib ihr dann noch ein Handlungsgerüst und überlaß es ihr, die Sätze zu schreiben.

Knipe war jetzt nicht mehr zu halten. Er machte sich unverzüglich ans Werk, und die nächsten Tage waren mit intensiver Arbeit ausgefüllt. Überall im Wohnzimmer lagen Papiere verstreut: Formeln und Berechnungen; Listen mit Wörtern, Tausenden und aber Tausenden von Wörtern; Handlungsgerüste von Kurzgeschichten, auf eigenartige Weise in Fragmente zerlegt; lange Auszüge aus *Rogets Thesaurus*; Seiten und Seiten mit männlichen und weiblichen Vornamen; Abschriften von Familiennamen aus dem Telefonbuch; komplizierte Zeichnungen von Leitungsdrähten, Stromkreisen, Schaltern und Kathodenröhren, von Maschinen, die unterschiedlich geformte Löcher in kleine Karten stanzen konnten, von einer elektrischen Schreibmaschine, deren Leistung sich auf zehntausend Wörter in der Minute belief, und von einer Art Schaltbrett mit kleinen Tasten, unter denen die Namen bekannter amerikanischer Magazine standen.

Er arbeitete in Hochstimmung, ging inmitten dieses Wirrwarrs von Papieren auf und ab, rieb sich die Hände und führte laute Selbstgespräche. Manchmal rümpfte er angewidert die Nase und stieß wilde Verwünschungen aus, in denen unweigerlich das Wort ‹Redakteur› vorkam. Nach fünfzehn Tagen rastloser Arbeit packte er sämtliche Papiere in zwei große Mappen, mit denen er sich – beinahe im Laufschritt – in das Büro von John Bohlen, *Electrical Engineering Inc.*, begab.

Mr. Bohlen freute sich sehr, ihn wiederzusehen.

«Hallo, Knipe. Na, Sie sehen ja hundert Prozent besser aus. War's schön im Urlaub? Wo sind Sie denn gewesen?»

Unverändert häßlich und schlampig, dachte Mr. Bohlen. Warum steht er nicht gerade? Immer dieser krumme Rücken... «Wirklich, Sie sehen hundert Prozent besser aus, mein Junge.» Möchte bloß wissen, warum er so grinst. Und seine Ohren scheinen von Mal zu Mal größer zu werden.

Adolph Knipe legte die Mappen auf den Schreibtisch.

«Hier, Mr. Bohlen!» rief er. «Sehen Sie sich das an!»

Und nun ging es los. Er öffnete die Mappen, breitete die Pläne vor dem erstaunten kleinen Mann aus, berichtete, erzählte, erklärte, bis er endlich, nach einer guten Stunde, fertig war. Atemlos, mit gerötetem Gesicht trat er einen Schritt zurück und wartete auf das Urteil.

«Wissen Sie was, Knipe? Ich glaube, Sie haben nicht alle Tassen im Schrank.» Sei vorsichtig jetzt, ermahnte sich Mr. Bohlen. Faß ihn behutsam an. Der Bursche ist wertvoll für uns. Wenn er nur nicht so gräßlich aussähe mit diesem Pferdegesicht und den großen Zähnen. Und Ohren hat er – wie Rhabarberblätter.

«Aber Mr. Bohlen! Es geht! Ich hab's Ihnen doch bewiesen! Das können Sie nicht abstreiten!»

«Immer mit der Ruhe, Knipe. Immer mit der Ruhe. Hören Sie mir erst mal zu.»

Adolph Knipe sah seinen Chef an und verabscheute ihn mit jeder Sekunde mehr.

«Diese Idee», sagte Mr. Bohlens Unterlippe, «ist sehr gescheit – ich möchte beinahe sagen genial –, und sie bestätigt nur meine hohe Meinung von Ihren Fähigkeiten, Knipe. Aber Sie dürfen das alles nicht zu ernst nehmen, mein Junge. Was kann uns Ihre Erfindung schon nützen? Wer in aller Welt braucht eine Maschine, die Kurzgeschichten schreibt? Und wo steckt da Geld drin? Können Sie mir das sagen?»

«Darf ich mich setzen, Sir?»

«Natürlich, nehmen Sie Platz.»

Adolph Knipe hockte sich auf die Kante eines Stuhls. Der Ältere beobachtete ihn mit wachsamen braunen Augen und harrte der Dinge, die da kommen sollten.

«Wenn Sie gestatten, Mr. Bohlen, möchte ich Ihnen erklären, wie ich auf die ganze Geschichte verfallen bin.»

«Schießen Sie los, Knipe.» Man muß ein bißchen auf ihn eingehen, dachte Mr. Bohlen. Der Junge ist ja für uns sein Gewicht in Gold wert. Ein unersetzlicher Mitarbeiter, geradezu ein Genie. Wenn ich mir nur diese Papiere hier ansehe... Das verschlägt einem doch glatt die Sprache. Eine erstaunliche Arbeit. Natürlich völlig sinnlos. Ohne geschäftlichen Wert. Aber sie beweist wieder einmal, wie begabt der Bursche ist.

«Ich... ich muß Ihnen etwas gestehen, Mr. Bohlen. Dann werden Sie vielleicht begreifen, warum ich immer so... na, eben so deprimiert bin.»

«Sagen Sie mir alles, was Sie bedrückt, Knipe. Ich bin dazu da, Ihnen zu helfen – das wissen Sie doch.»

Der junge Mann krampfte die Hände ineinander und preßte die Ellbogen gegen die Rippen. Ihm schien plötzlich sehr kalt zu sein.

«Sehen Sie, Mr. Bohlen, die Sache ist so, daß

mir eigentlich nicht viel an meiner Arbeit hier liegt. Ich weiß, daß ich sie gut mache, aber offen gestanden, mit dem Herzen bin ich nicht dabei. Es ist nicht das, wovon ich immer geträumt habe.»

Mr. Bohlens Augenbrauen schnellten hoch wie eine Sprungfeder. Sein Körper erstarrte.

«Sehen Sie, Sir, ich wäre so schrecklich gern Schriftsteller geworden.»

«Schriftsteller?»

«Ja, Mr. Bohlen. Ob Sie es glauben oder nicht, ich verwende jedes bißchen Freizeit darauf, Geschichten zu schreiben. In den letzten zehn Jahren habe ich Hunderte, buchstäblich Hunderte von Kurzgeschichten geschrieben. Fünfhundertsechsundsechzig, um genau zu sein. Etwa eine pro Woche.»

«Um Himmels willen, Mann! Wozu denn?»

«Ich weiß nur, Sir, daß ich den Drang dazu habe.»

«Was für einen Drang?»

«Den schöpferischen Drang, Mr. Bohlen.» Jedesmal wenn er aufblickte, sah er Mr. Bohlens Lippen. Sie wurden immer dünner, immer röter.

«Und darf ich fragen, was Sie mit diesen Geschichten machen, Knipe?»

«Ach, Sir, das ist es ja gerade. Niemand will

sie kaufen. Wenn ich eine fertig habe, schicke ich sie reihum, von einem Magazin zum anderen. Das ist alles, was geschieht, Mr. Bohlen. Wie ein Bumerang kommen sie zu mir zurück. Es ist sehr deprimierend.»

Mr. Bohlens Züge entspannten sich. «Ich weiß genau, wie Ihnen zumute ist, mein Junge.» Seine Stimme triefte vor Mitgefühl. «Irgendwann im Leben macht jeder von uns so etwas durch. Aber jetzt, wo Sie den Beweis haben... den positiven Beweis... von den Fachleuten selbst, von den Redakteuren, daß Ihre Geschichten – wie soll ich sagen – nicht viel taugen, jetzt sollten Sie das Schreiben endgültig aufgeben. Vergessen Sie es, mein Junge. Denken Sie einfach nicht mehr daran.»

«Nein, Mr. Bohlen! Nein! Das ist nicht wahr! Ich *weiß*, daß meine Geschichten gut sind. Mein Gott, wenn ich sie mit dem Zeug vergleiche, das in manchen Magazinen erscheint – also wirklich, Mr. Bohlen...! Dieser blödsinnige Kitsch, den man Woche für Woche in den Magazinen liest – ach, es ist zum Verrücktwerden!»

«Hören Sie mal, mein Junge...»

«Lesen Sie Magazine, Mr. Bohlen?»

«Entschuldigen Sie, Knipe, aber was hat das mit Ihrer Maschine zu tun?»

«Alles, Mr. Bohlen, einfach alles! Sehen Sie, die Sache ist so: Nach gründlichem Studium der Magazine habe ich den Eindruck gewonnen, daß jedes Blatt einen besonderen Typ von Kurzgeschichten pflegt. Die Schriftsteller – die erfolgreichen – wissen das und passen sich jeweils den Wünschen der Redaktion an.»

«Moment, mein Junge, Moment. Beruhigen Sie sich, ja? Ich glaube nicht, daß uns das alles weiterbringt.»

«*Bitte*, Mr. Bohlen, hören Sie mich doch an. Es ist wirklich ungeheuer wichtig.» Knipe hielt kurz inne, um Luft zu schöpfen. Er war jetzt so richtig in Fahrt und fuchtelte beim Sprechen mit den Händen herum. Das längliche Gesicht mit den großen Zähnen und den abstehenden Ohren glänzte vor Erregung, und bei jedem Wort sprühten Speicheltröpfchen aus seinem Mund. «Verstehen Sie doch, Mr. Bohlen, wenn ich auf meiner Maschine einen verstellbaren Koordinator zwischen das ‹Fabel-Speicherwerk› und das ‹Wort-Speicherwerk› schalte, kann ich *jede* Art von Geschichten produzieren. Ich brauche nur auf die betreffende Taste zu drücken.»

«Ja, ich weiß, Knipe, ich weiß. Das ist alles sehr interessant, aber worauf wollen Sie eigentlich hinaus?»

«Ganz einfach, Mr. Bohlen. Der Markt ist begrenzt. Wir müssen in der Lage sein, das richtige Material zur richtigen Zeit zu liefern. Immer genau das, was gerade gebraucht wird. Es ist eine kommerzielle Frage, weiter nichts. Ich betrachte es jetzt von *Ihrem* Standpunkt aus – vom Standpunkt der Rentabilität.»

«Mein lieber Junge, von Rentabilität kann hier doch gar nicht die Rede sein. Überhaupt nicht. Sie wissen ebensogut wie ich, was es kostet, eine solche Maschine zu bauen.»

«Ja, Sir, das weiß ich. Aber mit allem Respekt gesagt, ich glaube nicht, daß Sie wissen, was die Magazine den Autoren für ihre Geschichten zahlen.»

«Was zahlen sie denn?»

«Jede Summe bis zu zweitausendfünfhundert Dollar. Der Durchschnitt liegt wahrscheinlich bei tausend.»

Mr. Bohlen fuhr hoch.

«Ja, Sir, es ist wahr.»

«Völlig unmöglich, Knipe! Lächerlich!»

«Nein, Sir, es ist wahr.»

«Sie sitzen hier und wollen mir erzählen, daß diese Magazine derartig viel Geld für... für irgend so eine hingeschmierte Geschichte bezahlen! Du meine Güte, Knipe! Dann müßten ja alle Schriftsteller Millionäre sein!»

«Stimmt genau, Mr. Bohlen! Und damit kommen wir wieder auf die Maschine. Hören Sie nur noch eine Minute zu, Sir. Ich habe mir das mal ausgerechnet. Die großen Magazine bringen durchschnittlich drei Kurzgeschichten in jeder Ausgabe. Nun nehmen Sie die fünfzehn bedeutendsten Magazine – diejenigen, die am besten zahlen. Ein paar von ihnen erscheinen monatlich, aber die meisten kommen jede Woche heraus. Gut. Das macht, sagen wir, vierzig Geschichten, die jede Woche gekauft werden. Vierzigtausend Dollar also. Wenn wir unsere Maschine richtig arbeiten lassen, können wir praktisch den gesamten Bedarf decken!»

«Mein lieber Junge, Sie sind verrückt!»

«Nein, Sir, ehrlich, es ist so, wie ich sage. Verstehen Sie doch, wir werden die Schriftsteller allein vom Umfang her völlig an die Wand drücken! Die Maschine kann eine Geschichte von fünftausend Wörtern, fertig getippt und versandbereit, in dreißig Sekunden liefern. Wie können die Schriftsteller damit konkurrieren? Ich frage Sie, Mr. Bohlen, *wie*?»

Hier bemerkte Adolph Knipe eine leichte Veränderung im Gesichtsausdruck seines Chefs: Die Augen begannen zu glänzen, die Nasenflügel blähten sich, die Züge wurden unbewegt, fast starr. Hastig sprach er weiter: «Heutzutage, Mr. Bohlen, haben handgearbeitete Waren keine Chance mehr. Sie kommen einfach nicht gegen die Massenproduktion an, besonders in unserem Land nicht. Teppiche... Stühle... Schuhe... Ziegelsteine... Keramik... was Sie wollen – alles wird jetzt maschinell hergestellt. Die Qualität mag schlechter sein, aber das spielt keine Rolle. Was zählt, sind die Produktionskosten. Und Kurzgeschichten – nun, sie sind eben auch ein Produkt, genau wie Teppiche oder Stühle, und niemand schert sich um die Herstellungsmethode, solange die Ware pünktlich und preiswert geliefert wird. Wir werden sie en gros verkaufen, Mr. Bohlen! Wir werden jeden Autor im Lande unterbieten! Wir werden den Markt an uns reißen!»

Mr. Bohlen richtete sich in seinem Sessel auf. Dann beugte er sich vor, stützte die Ellbogen auf den Schreibtisch und blickte den jungen Mann aufmerksam mit seinen kleinen braunen Augen an.

«Ich glaube trotzdem, daß Ihre Idee undurchführbar ist, Knipe.»

«Vierzigtausend die Woche!» rief Adolph Knipe. «Und wenn wir den Preis herabsetzen, sagen wir um die Hälfte – also zwanzigtausend die Woche –, dann macht das immer noch eine Million im Jahr!» Und er fügte mit sanfter Stimme hinzu: «Für den Bau der elektronischen Rechenmaschine haben Sie keine Million im Jahr bekommen, nicht wahr, Mr. Bohlen?»

«Also jetzt mal im Ernst, Knipe. Meinen Sie wirklich, daß man uns das Zeug abkauft?»

«Ich bitte Sie, Mr. Bohlen, wer in aller Welt verlangt denn handgearbeitete Kurzgeschichten, wenn er die anderen für den halben Preis kriegen kann? Das leuchtet doch ein, nicht wahr?»

«Und wie wollen Sie sie verkaufen? Wen wollen Sie als Verfasser nennen?»

«Wir gründen eine eigene literarische Agentur, die den Vertrieb übernimmt. Und die Namen der Verfasser – nun, die denken wir uns einfach aus.»

«Die Sache gefällt mir nicht recht, Knipe. Schmeckt irgendwie nach Betrug, finden Sie nicht?»

«Und noch etwas, Mr. Bohlen. Wenn wir erst einmal in Schwung sind, könnte noch so mancher Nebenverdienst abfallen. Nehmen Sie zum Beispiel die Werbung. Bierbrauer und solche Leute sind heutzutage gern bereit, gutes Geld zu zahlen, wenn sie berühmte Schriftsteller als Verbraucher ihrer Produkte bezeichnen dürfen. Mein Gott, Mr. Bohlen! Das ist kein Pappenstiel, das ist ein dickes Geschäft!»

«Werden Sie nur nicht größenwahnsinnig, mein Junge.»

«Und noch etwas. Nichts spricht dagegen, Mr. Bohlen, daß wir *Ihren* Namen unter einige der besseren Geschichten setzen, wenn Sie das wünschen.»

«Du meine Güte, Knipe, was hätte ich denn davon?»

«Ich weiß nicht, Sir, nur... einige Schriftsteller sind doch sehr berühmt geworden – Mr. Erle Gardner und Kathleen Norris zum Beispiel. Wir brauchen Namen, und ich habe sogar schon daran gedacht, meinen eigenen für ein paar Geschichten zur Verfügung zu stellen. Nur um auszuhelfen.»

«Ein Schriftsteller, hm?» sagte Mr. Bohlen nachdenklich. «Na ja, im Klub würden sie schön überrascht sein, wenn sie meinen Namen in den Magazinen sähen – in den guten Magazinen.»

«Allerdings, Sir.»

Ein verträumter, abwesender Blick kam in seine Augen, und er lächelte. Gleich darauf aber riß er sich zusammen und fing an, in den Entwürfen zu blättern, die vor ihm lagen.

«Eines verstehe ich noch nicht ganz, Knipe. Woher kommen die Handlungen? Die Maschine kann doch keine Handlungen erfinden.»

«Die speichern wir, Sir. Das ist überhaupt kein Problem. Handlungen gibt's wie Sand am Meer. Drei- oder vierhundert finden Sie dort in der Mappe zu Ihrer Linken. Wir geben sie einfach in das ‹Fabel-Speicherwerk› der Maschine.»

«Sehr interessant.»

«Ich habe auch für allerlei kleine Raffinessen gesorgt, Mr. Bohlen. Sie werden das sehen, wenn Sie die Pläne sorgfältig studieren. So wenden zum Beispiel fast alle Schriftsteller den Trick an, daß sie in jeder ihrer Geschichten irgendein langes, unverständliches Fremdwort gebrauchen. Weil der Leser dann denkt, der Autor sei sehr klug und gebildet. Ich lasse also die Maschine das gleiche tun. Wir werden einen Vorrat solcher Wörter eigens zu diesem Zweck speichern.»

«Wo?»

«Im ‹Wort-Speicherwerk›», sagte Knipe epexegetisch.

Fast den ganzen Tag sprachen die beiden Männer über die Möglichkeiten der neuen Maschine. Schließlich erklärte Mr. Bohlen, er müsse noch einmal darüber nachdenken. Am nächsten Morgen zeigte er sich recht angetan von der Idee. Nach einer Woche war er völlig von ihr besessen.

«Natürlich halten wir die Sache geheim, Knipe. Wir werden sagen, daß wir eine zweite Rechenmaschine bauen, einen neuen Typ.»

«Jawohl, Mr. Bohlen.»

Sechs Monate später war die Maschine fertig. Sie wurde in einem Backsteingebäude am äußersten Ende des Fabrikgeländes aufgestellt, und als sie einsatzbereit war, durfte außer Mr. Bohlen und Adolph Knipe niemand in ihre Nähe.

Es war ein erregender Augenblick, als die beiden Männer – der eine klein, dick und kurzbeinig, der andere groß, dünn und langzahnig – vor dem Schaltbrett standen und sich anschickten, die erste Kurzgeschichte herunterzuschreiben. Sie waren von Wänden umgeben, zwischen denen schmale Gänge verliefen, und die Wände waren bedeckt mit Drähten, Steckdosen, Schaltern und riesigen Glasröhren. Knipe war ziemlich nervös, und Mr. Bohlen trat von einem Fuß auf den anderen, weil er einfach nicht stillstehen konnte.

«Welchen Knopf?» fragte Adolph Knipe, den Blick auf eine Reihe kleiner weißer Scheiben gerichtet, die an die Tasten einer Schreibmaschine erinnerten. «Suchen Sie sich eine Zeitschrift aus, Mr. Bohlen. Es ist alles da, *Saturday Evening Post, Collier's, Ladies' Home Journal* – was Sie wollen.»

«Mein Gott, Junge, woher soll ich das wissen?» Er hüpfte hin und her, als hätte er Hautjucken.

«Mr. Bohlen», sagte Adolph Knipe feierlich, «ist Ihnen klar, daß Sie es in diesem Augenblick in der Hand haben, der vielseitigste Schriftsteller des Kontinents zu werden? Sie brauchen nur...»

«Bitte, Knipe, fangen Sie jetzt an und lassen Sie diese Vorreden, ja?»

«Okay, Mr. Bohlen. Dann nehmen wir – warten Sie mal – diesen hier. Einverstanden?» Er streckte den Finger aus und drückte auf einen Knopf, unter dem in winzigen schwarzen Buchstaben TODAY'S WOMAN stand. Es gab einen scharfen Klick, und als Knipe den Finger fortnahm, sprang der Knopf nicht wieder heraus.

«So, unsere Wahl ist getroffen», sagte er. «Und jetzt geht's los!» Er langte hoch und betätigte einen Schalter am Brett. Sofort war der Raum von einem lauten summenden Geräusch erfüllt, elektrische Funken knisterten, viele kleine, schnell arbeitende Hebel rasselten, und schon glitten aus einem Schlitz rechts vom Schaltbrett Papierblätter im Quartformat. In rascher Folge, jede Sekunde ein Blatt, fielen sie in einen bereitstehenden Korb, und nach einer halben Minute war alles vorbei. Es kamen keine Blätter mehr.

«Das wär's!» rief Adolph Knipe. «Hier ist Ihre Kurzgeschichte!»

Sie griffen nach dem ersten Blatt und lasen: «Aifkjmbsaoegwcztpplnvoqudskigt&, fuhpekanvbertyuiolkjhgfdsazxcvbnm, peruitrehdjkgmvnb, wmsuy...» In dieser Art ging es bis zur letzten Seite weiter.

Mr. Bohlen stieß laute Flüche aus. Adolph Knipe aber sagte beruhigend: «Es ist in Ordnung, Sir. Wirklich. Sie muß nur etwas nachgestellt werden. Wir haben da irgendwo einen falschen Schaltweg, das ist alles. Bedenken Sie doch, Mr. Bohlen, wie viele Drähte sich in diesem Raum befinden. Insgesamt fast eine Million Meter. Sie können nicht erwarten, daß es gleich beim ersten Male klappt.»

«Das Ding wird nie funktionieren», knurrte Mr. Bohlen.

«Geduld, Sir. Nur Geduld.»

Adolph Knipe machte sich daran, die Fehlerquelle zu suchen, und nach vier Tagen kündigte er an, daß der Schaden behoben sei.

«Die Maschine wird nie funktionieren», sagte Mr. Bohlen. «Ich weiß, daß sie nie funktionieren wird.»

Knipe lächelte und drückte auf den Knopf, unter dem READER'S DIGEST stand. Dann betätigte er den Schalter, und wieder ertönte das seltsame Summen. Eine vollgetippte Seite flog aus dem Schlitz in den Korb.

«Wo ist der Rest?» rief Mr. Bohlen. «Sie hat aufgehört! Eine Panne!»

«Nein, Sir. Die Länge ist genau richtig. Es ist doch für den *Digest*, verstehen Sie?»

Diesmal lautete der Text: «nurwenigewissenbishervonderentdeckungeinesrevolutionärenneuenheilmittelsdasmenschendieaneinerderschrecklichstenkrankheitenunsererzeitleidenfürimmerlinderungverschaffenkann...» Und so weiter.

«Das ist Kauderwelsch!» empörte sich Mr. Bohlen.

«Nein, Sir, es ist gut. Sie trennt nur die Wörter nicht. Das ist leicht zu beheben. Aber inhaltlich stimmt alles haargenau. Sehen Sie, Mr. Bohlen, sehen Sie! Der Text ist tadellos, nur daß die Wörter zusammenhängen.»

Und so war es.

Beim nächsten Versuch, der einige Tage später stattfand, war alles in bester Ordnung, sogar die Interpunktion und die Großschreibung. Die erste Geschichte, die sie für ein bekanntes Frauenmagazin fabrizierten, zeichnete sich durch eine recht spannende Handlung aus. Es ging dabei um einen jungen Mann, der sich bei seinem reichen Arbeitgeber beliebt machen wollte. Er, so wurde erzählt, überredete einen Freund zu einem fingierten Überfall auf die Tochter des reichen Mannes. In einer dunklen Nacht, als das Mädchen nach Hause fuhr, wurde der Plan in die Tat umgesetzt. Der junge Mann kam wie zufällig vorbei, schlug seinem Freund den Revolver aus der Hand und rettete das Mädchen. Die Dankbarkeit des Mädchens kannte keine Grenzen. Der Vater jedoch war argwöhnisch. Er nahm den Jungen scharf ins Verhör. Der Junge brach zusammen und gestand alles. Statt ihn mit einem Fußtritt aus dem Haus zu befördern, sagte der Vater, daß er die Findigkeit des Jungen bewundere. Das Mädchen bewunderte seine Ehrlichkeit – und sein gutes Aussehen. Der Vater versprach, ihn zum Chef der Buchhaltung zu machen. Das Mädchen heiratete ihn.

«Das ist phantastisch, Mr. Bohlen! Genau das Richtige!»

«Mir kommt es ein bißchen kitschig vor, mein Junge.»

«Nein, Sir. Es ist ein Knüller, ein ausgesprochener Knüller!»

Aufgeregt verfertigte Adolph Knipe sechs weitere Geschichten in ebenso vielen Minuten. Alle – bis auf eine, die aus irgendeinem Grunde etwas unzüchtig ausfiel – stellten ihn durchaus zufrieden.

Mr. Bohlen war jetzt besänftigt. Er hatte nichts mehr dagegen, in der Innenstadt eine literarische Agentur aufzumachen und Knipe mit ihrer Leitung zu betrauen. Nach einigen Wochen war es soweit: Knipe versandte das erste Dutzend Geschichten. Als Verfasser nannte er viermal sich selbst, einmal Mr. Bohlen, und die übrigen Namen dachte er sich aus.

Fünf Geschichten wurden sofort angenommen. Die Story, die unter Mr. Bohlens Namen lief, kam zurück. In dem Begleitschreiben des Feuilletonredakteurs hieß es: «Die Arbeit zeugt von Begabung, ist aber unserer Meinung nach nicht ganz geglückt. Wir wären jedoch an weiteren Beiträgen dieses Schriftstellers interessiert...» Adolph Knipe nahm ein Taxi, fuhr in die Fabrik und fertigte eine neue Geschichte für dasselbe Magazin an. Er setzte Mr. Bohlens Namen darunter und schickte sie unverzüglich ab. Diese Story wurde gekauft.

Die Einkünfte stiegen. Langsam und vorsichtig erhöhte Knipe die Produktion, und nach sechs Monaten verschickte er wöchentlich dreißig Geschichten, von denen etwa fünfzehn gekauft wurden.

Bald stand er in literarischen Kreisen im Ruf eines fruchtbaren und erfolgreichen Autors. Auch Mr. Bohlen machte sich einen Namen. Allerdings schätzte man ihn weniger als Knipe – aber das wußte er nicht. Außerdem stellte Knipe ein Dutzend oder mehr fiktive Personen als vielversprechende junge Autoren heraus. Alles lief wie am Schnürchen.

Um diese Zeit beschlossen sie, die Maschine so einzurichten, daß sie nicht nur Kurzgeschichten, sondern auch Romane schreiben konnte. Mr. Bohlen, der nach größeren Ehren in der literarischen Welt dürstete, bestand darauf, daß Knipe sofort an diese gewaltige Aufgabe heranginge. «Ich möchte einen Roman machen», sagte er immer wieder. «Ich möchte einen Roman machen.»

«Das werden Sie auch, Sir. Ganz bestimmt. Aber haben Sie bitte Geduld. Ich muß ziemlich komplizierte Veränderungen vornehmen.»

«Jeder beschwört mich, endlich einen Roman zu schreiben!» rief Mr. Bohlen. «Die Verleger rennen Tag und Nacht hinter mir her und flehen mich an, mit diesen albernen Kurzgeschichten aufzuhören und statt dessen etwas wirklich Bedeutendes zu schreiben. Ein Roman ist das einzige, was zählt – behaupten sie.»

«Wir werden Romane machen», beruhigte ihn Knipe. «In Mengen sogar. Aber Sie müssen Geduld haben.»

«Hören Sie zu, Knipe. Ich habe vor, einen *guten* Roman zu machen, etwas, was die Leute aufhorchen läßt. Diese Geschichten, die Sie in letzter Zeit unter meinem Namen verschickt haben, hängen mir schon zum Hals heraus. Manchmal habe ich tatsächlich den Eindruck, daß Sie mich übers Ohr hauen wollen.»

«Übers Ohr, Mr. Bohlen?»

«Die besten behalten Sie immer für sich. Jawohl, so ist es.»

«O nein, Mr. Bohlen! Nein!»

«Aber diesmal liegt mir verdammt viel daran, ein erstklassiges, intelligentes Buch zu schreiben. Nehmen Sie das zur Kenntnis.»

«Gewiß, Mr. Bohlen. Mit dem Schaltbrett, das ich Ihnen zusammenbaue, werden Sie jedes Buch schreiben können, das Sie wollen.»

Und Adolph Knipe hielt sein Versprechen. Nach einigen Monaten hatte dieses Genie die Maschine auf Romane umgestellt und überdies ein wunderbares neues System eingebaut, das es dem Autor ermöglichte, buchstäblich jede Art von Handlung und jeden gewünschten Sprachstil vorzuwählen. Es gab so viele Skalen, Schalter und Hebel an dem Ding, daß es wie das Armaturenbrett eines riesigen Flugzeugs aussah.

Zunächst traf der Schriftsteller, indem er auf einen der sogenannten Hauptknöpfe drückte, seine prinzipielle Entscheidung: historisch, satirisch, philosophisch, politisch, romantisch, erotisch, humorvoll oder derb. Eine zweite Reihe von Knöpfen (die Grundknöpfe) bot ihm die verschiedensten Themen: Soldatenleben, Pionierzeit, Bürgerkrieg, Weltkrieg, Rassenproblem, Wilder Westen, Landleben, Kindheitserinnerungen, Seefahrt, der Meeresgrund und viele, viele andere. Die dritte Knopfreihe gestattete die Wahl des literarischen Stils: klassisch, skurril, gepfeffert, Hemingway, Faulkner, Joyce, feminin und so fort. Die vierte Reihe bestimmte Anzahl und Geschlecht der Romangestalten, die fünfte den Umfang des Buches und so weiter und so weiter – zehn lange Reihen von Vorwählknöpfen.

Aber das war noch nicht alles. Während des Schreibprozesses selbst (der etwa fünfzehn Minuten pro Roman dauerte) war es jetzt möglich, eine Kontrolle auszuüben. Dazu mußte der Autor auf einer Art Führersitz vor zahlreichen beschrifteten Registern Platz nehmen. Durch Ziehen oder Drücken (wie bei einer Orgel) konnte er rund fünfzig verschiedene und variable Elemente regulieren oder sie miteinander mischen – zum Beispiel Spannung, Überraschung, Humor, Pathos und Geheimnis. Zahlreiche Skalen und Meßgeräte auf dem Armaturenbrett zeigten ihm jederzeit genau an, wie weit er mit seiner Arbeit war.

Und schließlich gab es noch die Sache mit der ‹Leidenschaft›. Nach gründlichem Studium der Bücher, die im vergangenen Jahr an der Spitze der Bestseller-Listen gestanden hatten, war Adolph Knipe zu der Erkenntnis gelangt, daß Leidenschaft das wichtigste Ingrediens von allen war, ein magischer Katalysator, der selbst den langweiligsten Roman in einen tollen Erfolg verwandeln konnte – jedenfalls finanziell. Aber Knipe wußte auch, daß Leidenschaft eine überaus starke, berauschende Wirkung hatte und vorsichtig dosiert werden mußte – die richtigen Mengen in den richtigen Handlungsmomenten. Um das zu gewährleisten, hatte er eine besondere Kontrollvorrichtung konstruiert: zwei hochempfindliche, stufenlose Leidenschaftsregler, die durch Pedale – ähnlich dem Gas- und dem Bremspedal beim Auto – bedient wurden. Das eine Pedal steuerte die Menge der injizierten Leidenschaft, das andere ihre Intensität. Der einzige Nachteil lag natürlich darin, daß sich der Schreiber eines Romans nach der Knipe-Methode etwa in der Situation eines Mannes befand, der zur gleichen Zeit ein Flugzeug und ein Auto lenkt und nebenher auch noch Orgel spielt. Aber das kümmerte den Erfinder nicht. Als alles fertig war, geleitete er Mr. Bohlen stolz in das Maschinenhaus und erklärte ihm die Arbeitsweise des neuen Wunderwerks.

«Mein Gott, Knipe, das schaffe ich ja nie! Menschenskind, ich glaube, es wäre einfacher, das Ding mit der Hand zu schreiben.»

«Sie werden sich bestimmt bald daran gewöhnen, Mr. Bohlen. In ein, zwei Wochen ist Ihnen jeder Griff in Fleisch und Blut übergegangen. Es ist genauso wie beim Autofahren – ein Anfänger kann eben nicht gleich losbrausen.»

Nun, es war nicht ganz leicht, aber nach vielen Übungsstunden bekam Mr. Bohlen den Dreh heraus, und endlich, eines späten Abends, beorderte er Knipe zur Fabrikation des ersten Romans in das Maschinenhaus. Es war ein erregender Augenblick, als der kleine, dicke Mann nervös auf dem Führersitz hockte und der große, langzahnige Knipe eifrig um ihn herumzappelte.

«Ich habe die Absicht, einen bedeutenden Roman zu schreiben, Knipe.»

«Ich bin sicher, daß es Ihnen gelingt, Sir. Ganz sicher.»

Langsam und bedächtig drückte Mr. Bohlen auf die Vorwählknöpfe:

Hauptknopf – *satirisch*

Thema – *Rassenproblem*

Stil – *klassisch*

Personen – *sechs Männer, vier Frauen, ein Kind*

Umfang – *fünfzehn Kapitel*

Zugleich richtete er sein Augenmerk auf die drei Orgelregister *Kraft*, *Geheimnis* und *Tiefe*.

«Sind Sie bereit, Sir?»

«Ja, ja, ich bin bereit.»

Knipe betätigte den Schalter. Die große Maschine summte. Fünfzigtausend gutgeölte Zahnräder, Stangen und Hebel brachten ein dumpfes, schwirrendes Geräusch hervor; dann begann die schnelle elektrische Schreibmaschine mit einem fast unerträglich lauten Geklapper zu arbeiten. Die vollgeschriebenen Seiten flogen in den Korb – alle zwei Sekunden eine. Für Mr. Bohlen, der die Register ziehen, den Kapitelzähler und den Geschwindigkeitsmesser beobachten und die Leidenschaftspedale bedienen mußte, waren der Lärm und die Aufregung einfach zuviel. Er geriet in Panik und reagierte genauso wie ein Fahrschüler im Auto, das heißt, er preßte beide Füße auf die Pedale und lockerte den Druck erst, als die Maschine anhielt.

«Ich darf Sie zu Ihrem ersten Roman beglückwünschen», sagte Knipe und nahm das dicke Bündel beschriebener Blätter aus dem Korb.

Über Mr. Bohlens Gesicht rannen dicke Schweißtropfen. «Ich kann Ihnen sagen, das war verdammt anstrengend, mein Junge.»

«Aber Sie haben es geschafft, Sir. Sie haben es geschafft.»

«Zeigen Sie mal her, Knipe. Wie liest es sich denn?»

Er überflog das erste Kapitel und reichte Seite um Seite an den jüngeren Mann weiter.

«Um Himmels willen, Knipe! Was ist das?» Mr. Bohlens dünne Fischlippen zitterten leicht, und seine Wangen blähten sich langsam auf.

«Also wissen Sie, Knipe, das ist ja unerhört!»

«Es ist tatsächlich ein bißchen saftig, Sir.»

«*Saftig!* Empörend ist es, einfach empörend! Ich kann unmöglich meinen Namen dafür hergeben!»

«Da haben Sie recht, Sir.»

«Knipe! Ist das ein schmutziger Scherz, den Sie sich mit mir erlaubt haben?»

«O nein, Sir! Nein!»

«Sieht aber ganz so aus.»

«Könnte es vielleicht daran liegen, Mr. Bohlen, daß Sie etwas zu hart auf die Leidenschaftspedale getreten haben?»

«Mein lieber Junge, wie soll *ich* das wissen?»

«Versuchen Sie's doch noch mal.»

So schrieb denn Mr. Bohlen einen zweiten Roman herunter, und diesmal ging alles nach Wunsch.

Binnen einer Woche hatte ein begeisterter Verleger das Manuskript gelesen und angenommen. Knipe zog mit einem Roman nach, für den er selbst als Verfasser zeichnete; dann fabrizierte er – da er schon einmal dabei war – ein Dutzend weitere. Bald war Adolph Knipes literarische Agentur berühmt für ihren Stall vielversprechender junger Romanciers. Und wieder begann das Geld hereinzuströmen.

Um diese Zeit stellte sich heraus, daß der junge Knipe nicht nur als Erfinder, sondern auch als Geschäftsmann ein großes Talent war. «Hören Sie, Mr. Bohlen», sagte er, «wir haben noch immer zuviel Konkurrenz. Warum schlucken wir nicht einfach all die anderen Schriftsteller des Landes?»

Mr. Bohlen, der sich inzwischen ein flaschengrünes Samtjackett zugelegt hatte und das Haar so lang trug, daß es zwei Drittel der Ohren bedeckte, war ganz zufrieden mit der augenblicklichen Lage der Dinge. «Ich weiß gar nicht, was Sie meinen, lieber Junge. Wir können doch nicht so mir nichts, dir nichts Schriftsteller schlucken.»

«Natürlich können wir das, Sir. Genauso wie Rockefeller es mit den Ölgesellschaften machte. Wir kaufen sie einfach auf. Und wenn sie sich weigern, setzen wir sie unter Druck. Das ist überhaupt kein Problem.»

«Vorsichtig, Knipe. Seien Sie vorsichtig.»

«Sehen Sie, Sir, ich habe hier eine Liste der fünfzig erfolgreichsten Schriftsteller des Landes, und ich werde jedem von ihnen einen lebenslänglichen Vertrag auf Gehaltsbasis anbieten. Dafür brauchen sie sich nur zu verpflichten, daß sie nie mehr ein Wort schreiben. Und natürlich müssen sie uns ihre Namen für unser eigenes Material zur Verfügung stellen. Wie finden Sie das?»

«Damit werden Sie nicht durchkommen, Knipe.»

«Sie kennen die Schriftsteller schlecht, Mr. Bohlen. Warten Sie nur ab.»

«Ja, aber der schöpferische Drang?»

«Das ist leeres Gerede! Das einzige, woran sie – wie jeder andere – wirklich interessiert sind, ist Geld.»

Mr. Bohlen war noch immer nicht überzeugt, meinte aber nach einigem Zögern, daß man es wenigstens versuchen könne. So fuhr denn Knipe mit seiner Schriftstellerliste in einem großen, von einem Chauffeur gesteuerten Cadillac fort, um seine Besuche zu machen.

Der Mann, der als erster auf der Liste stand, ein hervorragender und sehr bekannter Schriftsteller, war sofort bereit, ihn zu empfangen. Knipe erzählte seine Geschichte, legte mehrere Romane eigener Produktion zur Ansicht vor und zog einen Vertrag aus der Tasche, der dem Mann auf Lebenszeit soundso viel im Jahr garantierte. Der Schriftsteller hörte höflich zu, kam zu dem Schluß, daß er es mit einem Verrückten zu tun hatte, lud ihn zu einem Drink ein und führte ihn dann freundlich, aber energisch zur Tür.

Der zweite Schriftsteller auf der Liste entpuppte sich als gefährlicher Bursche. Er ging tatsächlich so weit, daß er Knipe mit einem schweren metallenen Briefbeschwerer bedrohte, und der Erfinder mußte durch den Garten flüchten, während sich eine Sturzflut wilder Flüche und Obszönitäten über ihn ergoß.

Aber es gehörte mehr dazu, einen Adolph Knipe von seinem Vorhaben abzubringen. Enttäuscht, doch nicht entmutigt, fuhr er in seinem großen Wagen weiter, und zwar zu einer berühmten und überaus populären Schriftstellerin, deren dickleibige Liebesromane zu Millionen gekauft wurden. Sie empfing Knipe sehr gnädig, setzte ihm Tee vor und hörte sich seine Geschichte aufmerksam an.

«Das klingt faszinierend», sagte sie. «Aber ich kann es nicht so recht glauben.»

«Gnädige Frau», antwortete Knipe, «kommen Sie mit und überzeugen Sie sich mit eigenen Augen. Mein Wagen steht zu Ihrer Verfügung.»

Sie fuhren also los. Am Ziel angelangt, wurde die erstaunte Dame in das Maschinenhaus geführt. Eifrig erklärte ihr Knipe die Arbeitsweise des Wunderwerks, und nach einer Weile erlaubte er ihr sogar, auf dem Führersitz Platz zu nehmen und probeweise die Vorwählknöpfe zu bedienen.

«Sehr schön», sagte er plötzlich. «Möchten Sie jetzt vielleicht ein Buch machen?»

«O ja!» rief sie. «Bitte!»

Sie war zweifellos technisch begabt, und obendrein schien sie genau zu wissen, was sie wollte. Nachdem sie die Vorwahl selbständig getroffen hatte, brachte sie einen langen, abenteuerlichen, von Leidenschaft erfüllten Roman zustande. Sie las das erste Kapitel und war derart begeistert, daß sie den Vertrag sofort unterschrieb.

«Die haben wir glücklich aus dem Weg geräumt», sagte Knipe später zu Mr. Bohlen. «Und bei ihr hat sich's wirklich gelohnt.»

«Gute Arbeit, mein Junge.»

«Und wissen Sie, *warum* sie unterschrieben hat?»

«Na?»

«Nicht wegen des Geldes. Davon hat sie genug.»

«Sondern?»

Knipe grinste und entblößte dabei einen langen Streifen blassen Zahnfleisches. «Sie hat einfach eingesehen, daß dieses maschinell hergestellte Zeug besser ist als ihr eigenes.»

Von nun an hielt es Knipe für geraten, sich auf mittelmäßige Talente zu konzentrieren. Die guten Schriftsteller – zum Glück gab es nur wenige, so daß sie kaum ins Gewicht fielen – ließen sich offenbar nicht so leicht verführen.

Schließlich, nach monatelangen Bemühungen, hatte er etwa siebzig Prozent der Schriftsteller auf seiner Liste bewogen, den Vertrag zu unterschreiben. Er fand bald heraus, daß es mit den Älteren, die keine Einfälle mehr hatten und Zuflucht beim Alkohol suchten, die wenigsten Schwierigkeiten gab. Die Jüngeren waren widerspenstiger. Sie neigten dazu, auf Knipes Vorschlag mit Beleidigungen, gelegentlich sogar mit tätlichen Angriffen zu reagieren, und mehr als einmal wurde er auf seinen Rundfahrten leicht verletzt.

Aber alles in allem war es ein verheißungsvoller Anfang. Man schätzt, daß im letzten Jahr – dem ersten, in dem die Maschine voll arbeitete – mindestens die Hälfte aller in englischer Sprache veröffentlichten Romane und Kurzgeschichten von Adolph Knipe auf dem großen automatischen Grammatisator hergestellt wurden.

Überrascht Sie das?

Wohl kaum.

Und Schlimmeres steht noch bevor. Inzwischen ist das Geheimnis ruchbar geworden, von Tag zu Tag drängen sich mehr Schriftsteller danach, mit Mr. Knipe ins Geschäft zu kommen, und für diejenigen, die der Versuchung bisher widerstanden haben, wird die Schraube immer fester angezogen.

Gerade in diesem Augenblick, da ich hier sitze und dem Gebrüll meiner neun hungrigen Kinder lausche, merke ich, wie sich meine Hand näher und näher an jenen goldenen Vertrag herantastet, der drüben auf der anderen Seite des Schreibtisches liegt.

Gib uns Kraft, o Herr, unsere Kinder verhungern zu lassen!

Eine Kleinigkeit

Ich weiß nicht mehr viel davon; jedenfalls nicht viel von dem, was vorher war, bevor es passierte.

Es war da eine Landung in Fouka, wo uns die Blenheim-Boys halfen und uns Tee anboten, während unsere Maschinen aufgetankt wurden. Ich erinnere mich an die Schweigsamkeit der Blenheim-Boys, wie sie in das Messezelt kamen, sich mit einer Tasse Tee hinsetzten und ihn tranken, ohne ein Wort zu sagen. Und ich wußte, daß jeder von ihnen sich zusammenraffte, weil die Dinge zu der Zeit nicht sehr gut standen. Sie mußten zu oft los, und es kam kein Ersatz heran. Wir bedankten uns für den Tee und gingen hinaus, um zu sehen, ob man unsere Gladiators fertig aufgetankt hatte. Ich erinnere mich: es war so windig, daß der Windsack waagrecht stand, wie ein Wegweiser, und der Sand um unsere Beine aufgeweht wurde und ein Rasseln verursachte, als er gegen die Zelte peitschte, und die Zelte flatterten im Wind, daß sie wie Leinwandmänner aussahen, die in die Hände klatschten.

«Die Bomber-Boys sind traurig», sagte Peter.

«Nicht traurig», antwortete ich.

«Sie haben die Nase voll.»

«Nein. Sie sind im Eimer, das ist alles. Aber sie werden weitermachen. Man kann sehen, sie versuchen weiterzumachen.»

Unsere zwei alten Gladiators standen nebeneinander im Sand, und die Männer in ihren Khakihemden und Shorts schienen noch mit dem Auftanken beschäftigt zu sein. Ich trug eine dünne weiße Fliegerkombination, und Peter hatte eine blaue an. Es war nicht nötig, etwas Wärmeres anzuziehen.

Peter sagte: «Wie weit ist es?»

«Zweiunddreißig Kilometer hinter Charing Cross», antwortete ich, «rechts von der Straße.» Charing Cross war dort, wo die Wüstenstraße in nördlicher Richtung nach Marsa Matruk abzweigte. Die italienische Armee lag vor Marsa, und sie war recht erfolgreich. Es war das einzige Mal, soweit ich wußte, daß sie erfolgreich war. Ihre Moral steigt und fällt wie ein empfindlicher Höhenmesser, und zu dem Zeitpunkt stand sie auf zwölftausend, denn die Achsenmächte waren obenauf. Wir standen herum und warteten auf die Beendigung des Auftankens.

Peter sagte: «Es ist eine Kleinigkeit.»

«Ja. Es kann nicht schlimm werden.»

Wir trennten uns, und ich kletterte in meine Maschine. Ich werde nie das Gesicht des Mechanikers vergessen, der mir beim Anschnallen half. Er war schon etwas älter, etwa vierzig, und kahl, bis auf einen kleinen goldblonden Schopf auf dem Hinterkopf. Sein Gesicht war ganz verknittert, seine Augen glichen denen meiner Großmutter, und er sah aus, als hätte er sein Leben lang nichts anderes getan als Piloten angeschnallt, die nicht mehr zurückkehrten. Er stand auf der Tragfläche, zog an meinen Gurten und sagte: «Seien Sie vorsichtig! Es hat keinen Sinn, unvorsichtig zu sein.»

«Eine Kleinigkeit», sagte ich.

«Von wegen!»

«Wirklich. Es ist gar nichts dabei. Es ist nur eine Kleinigkeit.»

Ich weiß nicht mehr viel von dem, was danach kam; ich erinnere mich nur an später. Ich nehme an, wir starteten von Fouka und flogen westwärts in Richtung auf Marsa, und ich nehme an, wir flogen etwa zweihundertfünfzig Meter hoch. Ich nehme an, wir sahen rechts das Meer, und ich nehme an – nein, ich bin sicher –, daß es blau war und schön, besonders dort, wo es auf den Sand rollte und einen langen weißen Streifen bildete, der sich nach Osten und Westen hinzog, so weit man sehen konnte. Ich nehme an, wir flogen über Charing Cross und flogen zweiunddreißig Kilometer weiter, bis zu dem Punkt, wo es sein sollte, wie man uns gesagt hatte, aber ich weiß es nicht. Ich weiß nur, daß es mulmig wurde, sehr sehr mulmig, und ich weiß, daß wir umgekehrt sind und auf dem Rückweg waren, als es noch schlimmer wurde. Das schlimmste war, daß ich zu niedrig war, um mit dem Fallschirm abzuspringen, und das ist der Punkt, von dem an ich mich wieder erinnern kann. Ich erinnere mich daran, daß das Flugzeug die Nase senkte, daß ich über die Nase hinweg auf den Boden sah und einen kleinen Kameldornbusch sah, der dort ganz allein wuchs. Ich erinnere mich an einige Felsbrocken, die neben dem Kameldorn lagen, und der Kameldorn und der Sand und die Felsen sprangen aus dem Boden heraus und kamen zu mir. Daran erinnere ich mich ganz deutlich.

Dann entstand eine kleine Erinnerungslücke. Sie kann eine Sekunde lang gewesen sein oder auch dreißig; ich weiß es nicht. Ich habe das Gefühl, daß sie sehr kurz war, vielleicht eine Sekunde lang, und als nächstes hörte ich ein «Krummf» zu meiner Rechten, als der rechte Flügeltank Feuer fing, dann noch ein «Krummf», als der linke in Brand geriet. Ich nahm das nicht wichtig. Ich saß für eine Weile still da, fühlte mich ganz geborgen, aber ein wenig schläfrig. Ich konnte nicht sehen, aber das war auch nicht von Bedeutung. Es gab nichts, was mir hätte Sorgen machen können. Gar nichts. Nicht bevor ich die Hitze um meine Beine spürte. Zuerst war es nur Wärme, und das war auch ganz in Ordnung, aber auf einmal war es Hitze, eine sehr stechende, sengende Hitze an beiden Beinen entlang.

Ich wußte, daß die Hitze unangenehm war, aber das war alles, was ich wußte. Ich mochte sie nicht, daher zog ich meine Beine an, unter den Sitz, und wartete. Ich glaube, die Telegrafieverbindung zwischen dem Körper und dem Gehirn war gestört. Sie schien nicht sehr gut zu funktionieren. Die Durchgabe der Meldungen ans Gehirn und der Anfragen um Befehle ging etwas langsam. Aber ich glaube, es kam dann doch eine Meldung durch, die besagte: «Hier unten ist eine große Hitze. Was sollen wir tun? (Unterschrift) Linkes Bein und Rechtes Bein.» Lange Zeit kam keine Antwort. Das Gehirn überlegte die Sache.

Dann wurde langsam, Wort für Wort, die Antwort durchtelegrafiert. «Die – Maschine –

brennt. Aussteigen – wiederhole – aussteigen – aussteigen!» Der Befehl wurde an das ganze System weitergegeben, an alle Muskeln in den Beinen, in den Armen und im Körper, und die Muskeln begaben sich an die Arbeit. Sie taten ihr Bestes; sie schoben ein wenig und zogen ein wenig, und sie strengten sich sehr an, aber es war erfolglos. Ein weiteres Telegramm ging nach oben. «Können nicht aussteigen, irgend etwas hält uns fest.» Die Antwort darauf ließ noch länger auf sich warten, also saß ich nur da und wartete darauf, und die ganze Zeit nahm die Hitze zu. Irgend etwas hielt mich fest, und ich mußte es dem Gehirn überlassen, herauszufinden, was es war. Waren es Riesenhände, die auf meine Schultern drückten, oder schwere Steine oder Häuser oder Dampfwalzen oder Aktenschränke oder die Schwerkraft, oder waren es Seile? Warte mal! Seile – Seile. Die Nachricht kam eben durch. Sie kam sehr langsam. «Deine – Gurte. Deine – Gurte – lösen!» Meine Arme erhielten die Nachricht und gingen ans Werk. Sie zogen an den Gurten, aber sie wollten sich nicht lösen. Sie zogen wieder und wieder, ein wenig schwach, aber so fest sie eben konnten, und es nutzte nichts. Zurück ging die Nachricht: «Wie sollen wir die Gurte lösen?»

Ich glaube, diesmal saß ich und wartete drei oder vier Minuten auf die Antwort. Es hatte keinen Sinn, zu drängen oder ungeduldig zu werden. Das war das einzige, worüber ich mir im klaren war. Aber wie lange doch alles dauerte. Ich sagte laut: «Blöder Mist. Ich werde verbrennen. Ich werde...» Aber ich wurde unterbrochen. Die Antwort kam durch – nein, sie kam nicht – doch, sie kam, sie kam langsam durch. «Zieh – den – Auslösestift – heraus – du – verdammter – Trottel – und – beeile – dich!»

Heraus kam der Stift, und die Gurte waren los. Nun laß uns aussteigen. Laß uns aussteigen, laß uns aussteigen. Aber es gelang mir nicht. Ich wollte mich einfach aus der Kabine heben. Arme und Beine gaben sich redlich Mühe, aber es nutzte nichts. Eine letzte verzweifelte Meldung wurde nach oben geschickt, und diesmal trug sie den Vermerk «dringend». «Etwas anderes hält uns zurück», hieß die Meldung. «Etwas anderes, etwas anderes, etwas Schweres.»

Die Arme und Beine kämpften immer noch nicht. Sie schienen instinktiv zu wissen, daß es keinen Sinn hatte, ihre Kraft zu vergeuden. Sie verhielten sich ruhig und warteten auf die Antwort, und – oh – wie lange es dauerte! Zwanzig, dreißig, vierzig heiße Sekunden. Keine davon bis jetzt wirklich weißglühend, kein brutzelndes Fleisch, kein Geruch von brennendem Fleisch, aber das würde jetzt jeden Augenblick kommen, denn diese Gladiators sind nicht aus Blech wie eine Hurricane oder eine Spitfire. Sie haben leinwandbespannte Flügel mit einem Überzug von wunderbar brennendem Lack, und darunter befinden sich Hunderte von kleinen, dünnen Stäbchen von der Art, wie man sie zum Feueranzünden unter die Holzkloben legt, nur trockener und dünner. Wenn ein kluger Mann sich sagte: «Ich werde ein großes Ding bauen, das besser und schneller brennt als irgend etwas anderes auf der Welt» und wenn er sich dann mit großem Eifer an diese Aufgabe machte, würde er wahrscheinlich etwas bauen, das einer Gladiator genau entspräche. Ich saß immer noch da und wartete.

Dann plötzlich die Antwort, schön in ihrer Kürze, aber gleichzeitig alles erklärend. «Dein – Fallschirm – dreh – das – Schloß!»

Ich drehte das Schloß, löste die Fallschirmgurte, zog mich mit einiger Anstrengung hoch und rollte über den Rand der Kabine. Irgend etwas schien zu brennen, also wälzte ich mich ein wenig im Sand, kroch dann auf allen vieren von dem Feuer weg und legte mich hin.

Ich hörte, wie ein Teil meiner Maschinengewehrmunition hochging, und ich hörte einige der Geschosse in der Nähe in den Sand einschlagen. Ich machte mir ihretwegen keine Sorgen; ich hörte sie nur.

Es begann weh zu tun. Mein Gesicht schmerzte am meisten. Mit meinem Gesicht war etwas nicht in Ordnung. Irgend etwas war damit passiert. Langsam fuhr ich mit einer Hand hoch, um nachzufühlen. Es war klebrig. Meine Nase schien nicht da zu sein. Ich versuchte, meine Zähne zu fühlen, aber ich kann mich nicht erinnern, ob ich dabei zu einer Feststellung kam. Ich glaube, ich schlummerte ein.

Plötzlich war Peter da. Ich hörte seine Stimme, und ich hörte ihn herumtanzen und schreien wie ein Verrückter und meine Hand schütteln und sagen: «Herrgott, ich dachte, du wärst noch drin. Ich bin siebenhundert Meter weiter drüben runtergekommen und bin gerannt wie ein Wilder. Ist dir was passiert?»

Ich sagte: «Peter, was ist mit meiner Nase los?»

Ich hörte, wie er in der Dunkelheit ein Streichholz anzündete. Die Nacht kommt schnell in der Wüste. Es folgte eine Pause.

«Die scheint eigentlich nicht so recht mehr da zu sein», sagte er. «Tut es weh?»

«Frag doch nicht so blöde, natürlich tut es weh.»

Er sagte, er wollte zu seiner Maschine zurückgehen, um etwas Morphium aus seinem Notgepäck zu holen, aber er kam bald zurück und sagte, er könnte seine Maschine in der Dunkelheit nicht finden.

«Peter», sagte ich, «ich kann nichts sehen.»

«Es ist Nacht», antwortete er. «Ich kann auch nichts sehen. Mach dir darum keine Sorgen!»

Es war jetzt kalt. Es war bitter kalt, und Peter legte sich dicht an mich, damit wir uns gegenseitig etwas wärmten. Ab und zu sagte er: «Ich habe noch nie einen Mann ohne Nase gesehen.» Ich spuckte von Zeit zu Zeit eine Menge Blut aus, und jedesmal wenn ich es tat, zündete Peter ein Streichholz an. Einmal gab er mir eine Zigarette, aber sie zerweichte, und ich hatte sowieso kein Verlangen danach.

Ich weiß nicht, wie lange wir dort blieben, und ich erinnere mich auch sonst nicht an viel. Ich entsinne mich, daß ich Peter sagte, ich hätte eine Dose Hustentabletten in meiner Tasche und er sollte eine nehmen, damit ich ihn nicht mit meinem Husten ansteckte. Ich entsinne mich, daß ich ihn fragte, wo wir wären, und er sagte: «Wir sind zwischen den Linien.» Und dann erinnere ich mich an englische Stimmen von einer englischen Patrouille. Die fragten, ob wir Italiener seien. Peter sagte etwas zu ihnen; ich kann mich nicht erinnern, was er sagte.

Danach erinnere ich mich an heiße, dicke Suppe, und daß mir von einem Löffel davon übel wurde. Und die ganze Zeit das angenehme Gefühl, daß Peter bei mir war, sehr nett zu mir war, nette kleine Dinge für mich tat und nie wegging. Das ist alles, woran ich mich erinnere.

Die Männer standen an den Flugzeugen und malten und sprachen über die Hitze.

«Malen Bilder an die Flugzeuge», sagte ich.

«Ja», sagte Peter. «Es ist eine großartige Idee. Es ist raffiniert.»

«Warum?» fragte ich. «Erzähl mir das!»

«Es sind komische Bilder», sagte er. «Die deutschen Piloten werden alle lachen, wenn sie sie sehen; sie werden sich so vor Lachen schütteln, daß sie nicht schießen können.»

«Oh, was für ein Quatsch.»

«Nein, es ist eine großartige Idee. Es ist fabelhaft. Komm und sieh dir's an!»

Wir rannten zu der Reihe von Flugzeugen. «Eins, zwei, hopp!» sagte Peter. «Eins, zwei, hopp! Halt den Takt ein!»

«Eins, zwei, hopp», sagte ich, «eins, zwei, hopp», und wir tanzten dahin.

Der Maler am ersten Flugzeug hatte einen Strohhut auf dem Kopf und machte ein trauriges Gesicht. Er kopierte seine Zeichnung aus einem Magazin, und als Peter sie sah, sagte er: «Mann, o Mann, sieh dir dieses Bild an!», und er begann zu lachen. Sein Lachen begann als ein Poltern und wuchs schnell zu einem Gebrüll an, und er schlug sich mit den Händen auf die Schenkel und lachte und lachte, mit zusammengeklapptem Körper, weit aufgerissenem Mund und geschlossenen Augen. Sein seidener Zylinderhut fiel ihm vom Kopf in den Sand.

«Das ist nicht komisch», sagte ich.

«Nicht komisch!» rief er. «Was soll das heißen, nicht komisch? Sieh mich an! Sieh, wie ich lache! Wenn ich so lachte wie jetzt, könnte ich nichts treffen. Ich könnte keinen Heuwagen treffen und kein Haus und keine Laus.» Und er sprang im Sand umher, gurgelte und schüttelte sich vor Lachen. Dann packte er mich am Arm, und wir tanzten zum nächsten Flugzeug hinüber. «Eins, zwei, hopp», sagte er. «Eins, zwei, hopp.»

Dort war ein kleiner Mann mit einem verknautschten Gesicht, der mit roter Kreide eine lange Geschichte auf den Rumpf schrieb. Sein Strohhut war in den Nacken geschoben, und sein Gesicht glänzte von Schweiß.

«Guten Morgen!» sagte er. «Guten Morgen, guten Morgen!» Und er nahm seinen Hut ab und schwenkte ihn auf sehr elegante Weise.

Peter sagte: «Halt den Mund!» und bückte sich und begann zu lesen, was der kleine Mann geschrieben hatte. Die ganze Zeit sprudelte und kollerte er vor Lachen, und während er las, begann er wieder von neuem zu lachen. Er schaukelte von einer Seite zur anderen und tanzte im Sand umher und schlug sich mit den Händen auf die Schenkel und klappte seinen Körper zusammen. «O mein Gott, was für eine Geschichte, was für eine Geschichte, was für eine Geschichte! Sieh mich an! Sieh, wie ich lache!», und er hopste auf Zehenspitzen umher, schüttelte den Kopf und kicherte wie ein Irrer. Dann plötzlich zündete der Witz bei mir, und ich begann mit ihm zu lachen. Ich lachte so sehr, daß mir der Bauch weh tat, und ich fiel hin und rollte im Sand und brüllte und brüllte, weil es so spaßig war, daß ich sonst nichts tun konnte.

«Peter, du bist großartig», rief ich. «Aber können all die deutschen Piloten Englisch lesen?»

«Oh, verdammt!» sagte er. «Oh, verdammt. Hören Sie auf!» rief er. «Hören Sie auf damit!», und all die Maler hörten auf zu malen, drehten sich langsam um und sahen Peter an. Sie tanzten albern auf Zehenspitzen und begannen gemeinsam zu singen. «Albernes Zeug – auf alle Maschinen, auf alle Maschinen, auf alle Maschinen», sangen sie.

«Ruhe!» rief Peter. «Wir sind in einer schwierigen Lage. Wir müssen die Ruhe bewahren. Wo ist mein Zylinder?»

«Was?» sagte ich.

«Du sprichst Deutsch», sagte er. «Du mußt es uns übersetzen. Er wird es Ihnen übersetzen», rief er den Malern zu. «Er wird es übersetzen.»

Dann sah ich seinen schwarzen Zylinder im Sand liegen. Ich sah weg, dann wandte ich den Kopf und sah ihn wieder. Es war ein seidener Klappzylinder, und er lag auf der Seite im Sand.

«Du bist verrückt», schrie ich. «Du bist total übergeschnappt. Du weißt nicht, was du tust. Du jagst uns alle in den Tod. Du bist total verrückt, weißt du das? Du bist vollkommen übergeschnappt, verrückt. Mein Gott, du bist verrückt.»

«Meine Güte, was Sie für einen Lärm machen. Sie dürfen nicht so schreien, das ist nicht gut für Sie.» Das war eine weibliche Stimme. «Sie sind ganz heiß geworden dabei», sagte sie, und ich fühlte, wie mir jemand mit einem Taschentuch die Stirn abwischte. «Sie dürfen sich nicht so aufregen.»

Dann war sie weg, und ich sah nur den Himmel, der blaßblau war. Es waren keine Wolken da, und rings um mich waren die deutschen Jäger. Sie waren über mir, unter mir und auf allen Seiten, und es gab keinen Ausweg für mich; ich konnte gar nichts machen. Sie griffen mich abwechselnd an, und sie flogen ihre Flugzeuge sorglos, kurvten und überschlugen sich und tanzten in der Luft. Aber ich hatte keine Angst, dank der komischen Bilder auf meinen Flügeln. Ich war zuversichtlich und dachte: Ich werde gegen hundert von ihnen allein kämpfen, und ich werde sie alle abschießen. Ich werde sie abschießen, während sie lachen; das werde ich tun.

Dann kamen sie näher. Der ganze Himmel war voll von ihnen. Es waren so viele, daß ich nicht wußte, auf welche ich aufpassen und welche ich angreifen sollte. Es waren so viele, daß sie einen schwarzen Vorhang am Himmel bildeten, und nur hier und da konnte ich ein wenig Blau sehen. Ein Stück Blau, eben groß genug, um eine blaue Hose damit zu flicken, und nur darauf kam es an. Solange es dafür reichte, war alles in Ordnung.

Sie kamen noch näher. Sie kamen näher und näher, bis dicht vor mein Gesicht, so daß ich nur noch schwarze Kreuze sah, die sich von der Farbe der Messerschmittmaschinen und dem Blau des Himmels kräftig abhoben, und als ich meinen Kopf schnell nach der anderen Seite wandte, sah ich noch mehr Flugzeuge und mehr Kreuze, und dann sah ich nichts anderes mehr als die Balken der Kreuze und das Blau des Himmels. Die Balken der Kreuze waren wie Arme und hatten Hände. Sie faßten einander an und bildeten einen Kreis und tanzten um meine Gladiator herum, während die Motoren der Messerschmitts mit tiefer Stimme lustig dazu sangen. Sie spielten *Oranges and lemons*, und von Zeit zu Zeit lösten sich zwei von den übrigen, kamen in die Mitte der Tanzfläche und flogen einen Angriff, und da wußte ich, daß es *Oranges and lemons* war. Sie rollten und kurvten und tanzten auf Zehenspitzen, und sie lehnten sich gegen die Luft, zuerst nach der einen Seite und dann nach der anderen. «*Oranges and lemons* sangen die Glocken von St. Clement's», sangen die Motoren.

Aber ich war immer noch zuversichtlich. Ich

konnte besser tanzen als sie, und ich hatte eine bessere Partnerin. Sie war das schönste Mädchen der Welt. Ich blickte an ihr hinab und sah die Kurve ihres Nackens, die sanft abfallenden hellen Schultern, und ich sah ihre schlanken Arme, bereitwillig ausgestreckt.

Plötzlich sah ich einige Einschußlöcher in meiner rechten Tragfläche, und ich wurde böse und bekam gleichzeitig Angst; aber vor allem wurde ich böse. Dann wurde ich zuversichtlich und sagte: «Der Deutsche, der das getan hat, hat keinen Humor. Es ist immer ein Mann dazwischen, der keinen Humor hat. Aber das ist kein Grund zur Sorge; gar kein Grund zur Sorge.»

Dann sah ich mehr Löcher, und ich bekam Angst. Ich schob das Kabinendach zurück, stand auf und rief: «Ihr Trottel, seht euch doch die spaßigen Bilder an! Seht doch das an meinem Leitwerk; lest die Geschichte an meinem Rumpf! Bitte lest die Geschichte an meinem Rumpf!»

Aber sie kamen weiter an. Sie schritten paarweise in die Mitte der Tanzfläche, und während sie ankamen, schossen sie auf mich. Und die Motoren der Messerschmitts sangen laut. «Wann willst du zahlen, wann willst du zahlen», sangen die Motoren, und während sie es sangen, tanzten und schaukelten die schwarzen Kreuze im Rhythmus der Musik. Es waren inzwischen mehr Löcher in meinen Tragflächen, in der Motorhaube und in der Kabinenwand.

Plötzlich waren einige in meinem Körper.

Aber ich spürte keine Schmerzen, nicht einmal als ich anfing zu trudeln, als die Flügel meiner Maschine flatterten, flipp, flipp, flipp, flipp, schneller und schneller, als der blaue Himmel und das schwarze Meer einander im Kreise jagten, bis es kein Meer und keinen Himmel mehr gab, sondern nur noch das Blitzen der Sonne, während ich drehte. Aber die schwarzen Kreuze folgten mir hinunter, noch immer tanzend und sich an den Händen haltend, und ich konnte immer noch das Singen ihrer Motoren hören. «Hier kommt ein Licht, das dir heimleuchten wird, hier kommt ein Beil, das dir'n Hals brechen wird», sangen die Motoren.

Immer noch machten die Flügel flipp flipp, flipp flipp, und da war weder Himmel noch Meer, nur die Sonne.

Dann war da nur das Meer. Ich konnte es unter mir sehen, und ich konnte die weißen Schaumkronen sehen und sagte zu mir selbst: «Das sind Schimmel, die eine rauhe See reiten.» Ich wußte dann, daß mein Gehirn gut funktionierte, wegen der Schimmel und wegen der See. Ich wußte, daß nicht viel Zeit übrig war, weil die See und die Schimmel schon näher waren, die Schimmel waren größer, und die See war wie eine See und wie Wasser, nicht wie ein glatter Teller. Dann war da nur ein Schimmel, der wild angepreschat kam, mit der Trense zwischen den Zähnen und Schaum ums Maul, den Hals geschwungen und mit den Hufen den Gischt zerteilend. Er galoppierte wild über die See, reiterlos und ungezügelt, und ich wußte, daß wir zusammenstoßen würden.

Danach war es wärmer, und da waren keine schwarzen Kreuze mehr und kein Himmel. Aber es war nur warm, weil es nicht heiß war und auch nicht kalt. Ich saß in einem großen roten Samtsessel, und es war Abend. Ein Wind blies von hinten.

«Wo bin ich?» fragte ich.

«Sie sind vermißt. Sie sind vermißt, vermutlich tot.»

«Dann muß ich es meiner Mutter erzählen.»

«Sie können nicht. Sie können dieses Telefon nicht benutzen.»

«Warum nicht?»

«Es geht nur zu Gott.»

«Was sagten Sie, was ich sei?»

«Vermißt, vermutlich tot.»

«Das ist nicht wahr. Es ist eine Lüge. Es ist eine dreckige Lüge, denn ich bin doch hier und bin nicht vermißt. Sie wollen mir nur Angst einjagen, und das wird Ihnen nicht gelingen. Es wird Ihnen nicht gelingen, sage ich Ihnen, weil ich weiß, daß es eine Lüge ist und ich zu meiner Staffel zurückgehe. Sie können mich nicht hindern, ich werde einfach gehen. Ich gehe, sehen Sie, ich gehe.»

Ich erhob mich aus dem roten Sessel und begann zu rennen.

«Lassen Sie mich die Röntgenaufnahmen noch einmal sehen, Schwester.»

«Hier sind sie, Herr Doktor.» Dies war wieder die weibliche Stimme, und nun kam sie näher. «Na, Sie haben aber einen Lärm gemacht heute nacht. Lassen Sie mich mal Ihr Kissen zurechtrücken, es fällt bald aus dem Bett.» Die Stimme war nahe, und sie war sehr weich und lieb.

«Bin ich vermißt?»

«Nein, natürlich nicht. Es geht Ihnen prächtig.»

«Die sagten, ich sei vermißt.»

«Reden Sie keinen Unsinn; es geht Ihnen prächtig.»

Oh, alle reden Unsinn, Unsinn, Unsinn, aber

es war ein schöner Tag, und ich wollte nicht rennen, konnte aber nicht aufhören. Ich rannte immer weiter über den Rasen und konnte nicht aufhören, weil meine Beine mich trugen und ich keine Gewalt über sie hatte. Es war, als ob sie nicht zu mir gehörten, obwohl ich, wenn ich hinuntersah, sehen konnte, daß es meine waren, daß die Schuhe an den Füßen meine waren und daß die Beine mit meinem Körper verbunden waren. Aber sie taten nicht, was ich wollte, sie rannten einfach immer weiter über das Feld, und ich mußte mit. Ich rannte und rannte und rannte, und obwohl das Feld stellenweise uneben und holprig war, stolperte ich nie. Ich lief an Bäumen und Hecken vorbei, und auf einem Feld waren Schafe, die aufhörten zu fressen und davonliefen, als ich an ihnen vorbeirannte. Einmal sah ich meine Mutter in einem hellgrauen Kleid. Sie bückte sich und sammelte Champignons, und als ich vorbeirannte, sagte sie: «Mein Korb ist fast voll; sollen wir bald nach Hause gehen?» Aber meine Beine wollten nicht anhalten, und ich mußte weiterlaufen.

Dann sah ich den Abgrund vor mir und sah, wie dunkel es dahinter war. Da war dieser große Abgrund, und dahinter war nichts als Dunkelheit, obwohl die Sonne auf das Feld schien, über das ich rannte. Das Sonnenlicht war am Abgrund jäh zu Ende, und dahinter war nur Dunkelheit. Das muß der Ort sein, wo die Nacht beginnt, dachte ich, und wieder versuchte ich anzuhalten, aber es gelang mir nicht. Meine Beine begannen schneller auf den Abgrund zuzulaufen, und sie begannen längere Schritte zu machen, und ich faßte mit den Händen hinunter und versuchte, sie anzuhalten, indem ich den Stoff meiner Hosen packte, aber es änderte nichts; dann versuchte ich, mich hinzuwerfen. Aber meine Beine waren flink, und jedesmal wenn ich mich hinwarf, landete ich auf meinen Fußspitzen und rannte weiter.

Nun waren der Abgrund und die Dunkelheit viel näher, und ich konnte sehen, daß ich über den Rand abstürzen würde, wenn ich nicht schnell anhielt. Noch einmal versuchte ich, mich zu Boden zu werfen, und wieder landete ich auf meinen Zehenspitzen und rannte weiter.

Ich rannte noch immer schnell, als ich am Rand ankam, und ich schoß glatt darüber hinaus in die Dunkelheit und begann zu fallen.

Zuerst war es nicht ganz dunkel. Ich sah kleine Bäumchen, die aus der Steilwand wuchsen, und ich griff nach ihnen, während ich fiel.

Mehrere Male gelang es mir, einen Ast zu fassen, aber sie brachen immer sofort ab, weil ich so schwer war und so schnell fiel, und einmal erwischte ich einen dicken Ast mit beiden Händen, und der Baum bog sich um, und ich hörte die Wurzeln eine nach der anderen nachgeben, bis er von der Wand abriß und ich weiterfiel. Dann wurde es dunkler, weil die Sonne und der Tag über den Feldern weit oben waren, und während ich fiel, hielt ich die Augen offen und sah, wie die Dunkelheit von Grauschwarz in Schwarz überging, von Schwarz in Pechschwarz und von Pechschwarz in eine reine, flüssige Schwärze, die ich mit Händen greifen, aber nicht sehen konnte. Aber ich fiel weiter, und es war so schwarz, daß es nirgendwo etwas gab und es keinen Sinn hatte, etwas zu tun oder sich zu sorgen oder etwas zu denken, wegen der Schwärze oder wegen des Fallens. Es hatte keinen Sinn.

«Es geht Ihnen besser heute morgen. Es geht Ihnen viel besser.» Es war wieder die weibliche Stimme.

«Hallo.»

«Hallo; wir dachten schon, Sie würden nie aufwachen.»

«Wo bin ich?»

«In Alexandria. Im Lazarett.»

«Wie lange bin ich schon hier?»
«Vier Tage.»
«Wie spät ist es?»
«Sieben Uhr morgens.»
«Warum kann ich nichts sehen?»
Ich hörte sie etwas näher kommen.
«Oh, wir haben nur einen Verband um Ihre Augen gewickelt, für eine Zeitlang.»
«Für wie lange?»
«Nur für eine kurze Zeit. Machen Sie sich keine Sorgen. Es geht Ihnen prächtig. Sie haben noch mächtig Glück gehabt.»
Ich fühlte mit den Fingern nach meinem Gesicht, aber ich konnte es nicht fühlen; ich konnte nur etwas anderes fühlen.
«Was ist mit meinem Gesicht los?»
Ich hörte sie an mein Bett kommen und fühlte ihre Hand auf meiner Schulter.
«Sie müssen jetzt aufhören zu sprechen. Sie dürfen nicht sprechen. Es ist nicht gut für Sie. Liegen Sie schön still und machen Sie sich keine Sorgen! Es geht Ihnen prächtig.»
Ich hörte den Klang ihrer Schritte auf dem Boden, und ich hörte sie die Tür öffnen und wieder schließen.
«Schwester», sagte ich. «Schwester.»
Aber sie war weg.

Die Erzählungen «Mein Herzblatt», «Gift»
und «Der große automatische Grammatisator»
übersetzte Hans-Heinrich Wellmann.
Alfred Scholz übersetzte «Eine Kleinigkeit».

Die Erzählung «Mein Herzblatt» («My Lady Love,
my Dove») erschien ursprünglich in «The New Yorker»,
«Gift» («Poison») erschien in «Colliers».

Satz Sabon (Linotronic 500)
Gesamtherstellung Clausen & Bosse, Leck

50 JAHRE ROWOHLT ROTATIONS ROMANE

50 Taschenbücher im Jubiläumsformat
Einmalige Ausgabe

Paul Auster, *Szenen aus «Smoke»*
Simone de Beauvoir, *Aus Gesprächen mit Jean-Paul Sartre*
Wolfgang Borchert, *Liebe blaue graue Nacht*
Richard Brautigan, *Wir lernen uns kennen*
Harold Brodkey, *Der verschwenderische Träumer*
Albert Camus, *Licht und Schatten*
Truman Capote, *Landkarten in Prosa*
John Cheever, *O Jugend, o Schönheit*
Roald Dahl, *Der Weltmeister*
Karlheinz Deschner, *Bissige Aphorismen*
Colin Dexter, *Phantasie und Wirklichkeit*
Joan Didion, *Wo die Küsse niemals enden*
Hannah Green, *Kinder der Freude*
Václav Havel, *Von welcher Zukunft ich träume*
Stephen Hawking, *Ist alles vorherbestimmt?*
Elke Heidenreich, *Dein Max*
Ernest Hemingway, *Indianerlager*
James Herriot, *Sieben Katzengeschichten*
Rolf Hochhuth, *Resignation oder Die Geschichte einer Ehe*
Klugmann/Mathews, *Kleinkrieg*
D. H. Lawrence, *Die blauen Mokassins*
Kathy Lette, *Der Desperado-Komplex*
Klaus Mann, *Der Vater lacht*
Dacia Maraini, *Ehetagebuch*
Armistead Maupin, *So fing alles an ...*
Henry Miller, *Der Engel ist mein Wasserzeichen*

50 JAHRE ROWOHLT ROTATIONS ROMANE

Nancy Mitford, *Böse Gedanken einer englischen Lady*
Toni Morrison, *Vom Schatten schwärmen*
Milena Moser, *Mörderische Erzählungen*
Herta Müller, *Drückender Tango*
Robert Musil, *Die Amsel*
Vladimir Nabokov, *Eine russische Schönheit*
Dorothy Parker, *Dämmerung vor dem Feuerwerk*
Rosamunde Pilcher, *Liebe im Spiel*
Gero von Randow, *Der hundertste Affe*
Ruth Rendell, *Wölfchen*
Philip Roth, *Grün hinter den Ohren*
Peter Rühmkorf, *Gedichte*
Oliver Sacks, *Der letzte Hippie*
Jean-Paul Sartre, *Intimität*
Dorothy L. Sayers, *Eine trinkfeste Frage des guten Geschmacks*
Isaac B. Singer, *Die kleinen Schuhmacher*
Maj Sjöwall/Per Wahlöö, *Lang, lang ist's her*
Tilman Spengler, *Chinesische Reisebilder*
James Thurber, *Über das Familienleben der Hunde*
Kurt Tucholsky, *So verschieden ist es im menschlichen Leben*
John Updike, *Dein Liebhaber hat eben angerufen*
Alice Walker, *Blicke vom Tigerrücken*
Janwillem van de Wetering, *Leider war es Mord*
P. G. Wodehouse, *Geschichten von Jeeves und Wooster*

Programmänderungen vorbehalten

ROALD DAHL
Eine Auswahl

Ich sehe was, was du nicht siehst
Acht unglaubliche Geschichten
rororo 5362

Konfetti
«Ungemütliches und Ungezogenes»
rororo 5847

Der krumme Hund
Eine lange Geschichte
rororo 959

Küßchen, Küßchen!
Elf ungewöhnliche Geschichten
rororo 835

Kuschelmuschel
Vier erotische Überraschungen
rororo 4200

Onkel Oswald und der Sudan-Käfer
Eine haarsträubende Geschichte
Deutsch von Sybil Gräfin Schönfeldt
240 Seiten. Gebunden
und rororo 5544

... und noch ein Küßchen!
Weitere ungewöhnliche Geschichten
rororo 989

Charlie und die Schokoladenfabrik.
Charlie und der große gläserne Fahrstuhl
Deutsch von Inge M. Artl,
Hans Georg Lenzen, Adolf Himmel u. a.
336 Seiten. Gebunden und rororo rotfuchs 778